ハヤカワ・ミステリ文庫
<HM㉒-13>

飛行士たちの話
〔新訳版〕

ロアルド・ダール
田口俊樹訳

早川書房
7831

OVER TO YOU

Ten stories of flyers and flying

by

Roald Dahl

1945

目　次

飛行士たちの話〔新訳版〕

ある老人の死
Death of an Old Old Man

ああ、くそ、怖くて怖くてたまらない。

今はおれひとりきりなんだから、隠す必要はない。もうこれ以上、何も隠す必要はない。表情を取り繕う必要もない。誰にも見られていないんだから。おれとほかのやつらとのあいだには、二万一千フィートもの距離があるんだから。それに、あいつに見舞われてしまったら、平気なふりなどしたくてもできないんだから。今はもう、伍長が伝令文を持ってきた昼食のときみたいに、歯を食いしばり、顎の筋肉をこわばらせなくてもいい。伍長がティンカーに伝令文を渡し、ティンカーがおれを見上げて、「チャーリー、きみの番だ。次に飛ぶのはきみだ」と言ったときみたいに。ティンカーはまるでおれがそのことを知らなかったかのように言った。次に飛ぶのは自分だとおれが知らなかったかのように。昨夜、ベッドにはいったときにも、午前零時になっても眼が冴えたままだったときにも、午前一時になり、二時、三時、四時、五時、六時になり、結局、一晩じゅう眠れずにいたときにも、七時にベッドから起き上がったときにも、まるでおれがそれを知らなかったかのように言った。着替えているときにも、朝食を食べているときにも、食堂で雑誌を読んでいるときにも、食堂でコインあて(ショーヴ・ハーフペニー)で遊んでいるときにも、食堂で掲示を読んでいるときにも、食堂でビリヤードをしているときにも、おれがそれを知らなかったかのように。いつでもおれは知っていた。昼食を食べにいったときにも、昼食に出された、あの羊肉を食べていたときにも、おれは知っていた。だから、伍長が伝令文を手に部屋にはいってきたときには——逆にまったく問題はなかった。空に黒い雲が出て、そのあと雨が降りはじめるのと同じことだ。伍長がティンカーにその紙を渡したとき、おれにはティンカーが何を言うのか、彼が口を開くまえからわかっていた。彼が何を言うのか、正確にわかっていた。

　だから、そんなことは少しも問題ではなかった。

　ところが、その紙をたたんでポケットにしまったティンカーに、「プディングを食べちまえよ。まだ時間はたっぷりある」と言われるや、まずい感じになってきたのだ。またあれが起こることがおれにははっきりわかった。自分が三十分以内にシートベルトを締めることも、エンジンをテストし、整備兵に車輪止めをはずすよう合図を送る破目になることも。ほかの連中はまだ椅子に坐って、プディングを食べていた。おれのプディングも眼のまえの皿にまだ残っていたが、もうそれ以上は一口も食べられなくなった。それでも、顎の筋肉をこわばらせて、「助かった。ここに坐って鼻くそをほじくってるのにはもううんざりしていたところだ」と言ったときには、平気なふりができた。そう言ったときには、ちゃんと平気なふりができた。出発まえのほかのパイロットと同じような調子で言えていたはずだ。立ち上がり、席を離れながら、「お茶の時間に会おう」と言ったときにもまるで問題はなかった。

今はもうそんな努力は何ひとつする必要がない。平気なふりをしなくてもいいのはなんともありがたい。もう力を抜いて自分を解き放ってもいいのだ。何をしても何を言ってもかまわない。この機体をちゃんと飛ばしてさえいれば。以前はこんなことはなかった。四年前はそれはもうすばらしかった。飛ぶのが大好きだった。わくわくした。飛行場で待つのは、サッカーの試合開始や、クリケットで打席に立つのを待つのと変わらなかった。三年前も問題はなかった。それ以降、三カ月の休暇のあと空に戻るという、休暇と出撃の繰り返しが続き、出撃するたびにいつも危険を切り抜けてきた。なんて優秀なパイロットなんだとみんなには言われたが、それはブリュッセルに近づいたあのとき、どれほど危険と隣り合わせだったか、誰も知らないからだ。フランスのディエップ上空を飛んだあのとき、どれほど幸運だったか、さらにディエップ上空を飛んだまた別のとき、どれほど危険だったか、そしてこの一年、毎週の出撃の一秒一秒がどんなに幸運でどんなに危険で、どんなに恐ろしかったか、誰も知らないからだ。みんなが言う。「チャーリーはすばらしいパイロットだ」「チャーリーは生まれながらの飛行機乗りだ」「チャーリーは最高だ」と。

以前はそうだったが、今はもうちがう。おれはそう思う。

今は飛ぶたびにどんどんひどくなっている。最初のうち、あれはただこっちを包みはじめる。そして、徐々に近づいてくる。うしろから音も立てずに忍び寄ってくる。近づいていることに気づかれないように、おれに振り向かれないようにそっと。近づいてくるのがわかっていれば、止められるかもしれない。が、なんの警告もなく現われる。背後からスズメを狙う猫のように、少しずつ少しずつ忍び寄ってくるのだ。そうして真うしろまで近づく。が、猫のように跳びかかったりはしない。ただ、身をまえに乗り出して、耳元で囁くのだ。そっと肩に手を置いて囁くのだ、おまえはまだ若い、やりたいことも伝えたいこともいくらもあるだろう、油断すると死んでしまうぞ、いや、遅かれ早かれ死んでしまうことは、おまえもほぼ覚悟しているだろうが、もしそうなったらおまえの姿は見る影もなくなり、ただの黒焦げの死体にすぎなくなるんだぞ、と。そして黒焦げになった死体がどんなものか囁く。死体がどれほど真っ黒で、どんなふうにねじ曲がり、もろくなるものなのか。顔も指も黒焦げで、靴も脱げる、そんな死に方をするときにはいつだって靴は脱げるものなのだからなどと、そんなことも囁く。その囁きは最初のうち、夜だけ聞こえる。夜、ベッドにはいり、眠れずに横になっているときにだけ聞こえる。それがそのうち昼間のふとした瞬間にも聞こえるようになる。歯を磨いているときや、ビールを飲んでいるときや、通路を歩いているときに。そして、ついには昼だろうが夜だろうが、四六時中聞こえるようになるのだ。

オランダのエイマイデン。その港から横に突き出た防波堤がいつものように小さなこぶのように見える。そして、フリースラント諸島。右から順にテッセル島、フリーラント島、テルスヘリング島、アーメラント島、ユイスト島、ノルダーナイ島と続くおなじみの島々。いつ見てもまるで顕微鏡越しのバクテリアのように見える。さらにゾイデル海があり、オランダがあり、北海があり、ベルギーがある。そこに世界がある。そこにくそ忌々しい世界がある。そこには殺されずにすむ人々が大勢いて、そこには家や町や海があり、海にはこれまた殺されずにすむ魚がいっぱいいる。おれだけだ。殺されるのは。死にたくない。冗談じゃない、おれは死にたくなんかない。とにかく今日は死にたくない。苦痛が怖いわけじゃない。実際、苦痛なんか恐れちゃいない。脚がつぶれようが、腕が焼け落ちようがかまわない。誓ってもいい。そんなことはどうでもいい。ただ死ぬのは嫌なんだ。思えば四年前はちがった。はっきりと覚えている。四年前は死んでもかまわないと思っていた。三年前もそうだった。なにしろ無我夢中だった。そういうものだろう。あの頃のように、負けるかもしれない戦況にあるときには。どのみちすべてを失うんだと思えば、とにかく戦うに越したことはない。四年前はそうだった。ところが、今は勝利が見えている。勝利が近いとなれば、話はまったく別だ。今、死ねば、このさき五十年の人生を失うことになるのだ。それは嫌だ。何を失うにしろ、それだけは御免だ。なぜなら、そこにはきっとおれのしたいことのすべて、見たいもののすべてがあるからだ。たとえば、これからもジョーイとヤリつづけるとか。たまには田舎に帰るとか。森の中を散歩するとか。ボトルを傾けて一杯やるとか。週末を愉しみにするとか。五十年間のすべての時間、すべての日、すべての年月を生き生きと生きるとか。今、死ねば、そういうことは何ひとつ叶わない。それ以外のこともすべて。今知らないことは知らないまま終わる。おれが失うのを恐れているのは、まさにそういうことだ。死にたくないと思うのも、いつか叶えばと願っている望みがあるからだ。そう、そうなのだ、そうにちがいない。たとえば、浮浪者に、道端でずぶ濡れになって震えている浮浪者に、リヴォルヴァーを突きつけて、「撃つぞ」と脅せば、そいつは叫ぶだろう。「撃つな、頼むから撃たないでくれ」と。そうやって命にしがみつくのは、そいつにもいつか叶えばと願っている望みがあるからだ。おれが命にしがみついているのも同じ理由だ。ただ、ここまであまりに長くしがみついてきた。もうそろそろ限界だ。もうじき嫌でも手を放すことになるだろう。崖っぷちにぶら下がっているようなものだ。まさにそういう感じだ。よくもここまで長くぶら下がってきたものだ。崖のへりを指でつかんではいるものの、体を引き上げることもできず、指は疲れる一方で、とうとうずき、痛みはじめてきた。遅かれ早かれ落ちるしかないことは眼に見えている。だからといって、助けを求めて叫ぶつもりはない。それだけはできない。だからしがみつきつづけるしかない。ぶら下がったまま、少し崖を足で蹴ってみて、なんとか足場を見つけようとするのだが、切り立った崖は船の横腹のようにつるつるしていて、足場などまったく見つからない。おれは今も蹴りつづけている。それがおれのしていることだ。つるつるした崖を蹴りつづけている。が、依然として足場はどこにもない。おれはもうじき落ちるだろう。この状態を続ければ続けるほどもうそれは免れないことに思えてくる。だからそう、一時間ごとに、一日ごとに、一晩ごとに、一週ごとに、ますます怖くなるのだ。四年前はこんなふうに崖にぶら下がっていなかった。崖の上の原っぱで走りまわっていた。どこかに崖があることも、そこから落ちる危険があることもわかってはいたが、そんなことは気にならなかった。三年前もそうだった。が、今はもうちがう。

おれにはわかっている。おれは臆病者ではない。それは確かだ。これからもずっとそうだ。そして、今日ここにいる。今は午後の二時。おれはここに坐って方位１３５を時速三百六十マイルで順調に飛んでいる。恐怖のために頭が働かなくなっているが、それでもすべきことを遂行している。そもそも行かないとか引き返すとかいった選択肢なんかないのだ。引き返すくらいなら死んだほうがましだ。引き返すなんて考えたこともない。なるほど引き返すのは簡単だ。だけど、どうせ戦わなければならないなら、その相手は恐怖より敵のほうがいい。

ワッセナーが見えてきた。カムフラージュされた小さな一連の建物と、同じくカムフラージュされた巨大な飛行場が見える。カムフラージュの下では、おそらくメッサーシュミットＢｆ１０９とフォッケウルフＦｗ１９０が何機も待機しているはずだ。しかし、オランダはよさそうなところに見える。夏はさぞ美しいことだろう。今頃は干し草づくりをしているはずだ。ドイツ兵はそんな干し草づくりをしているオランダ娘を眺めていることだろう。くそったれ。干し草づくりを見物したら、そのあと娘たちを娘たちの家まで送っていこうというのだろう。おれも干し草をつくりたい。干し草をつくって、リンゴ酒で一杯やりたい。

パイロットは操縦席に背すじを伸ばして坐っていた。ゴーグルと酸素マスクで顔はほとんど見えなかった。右手は軽く操縦桿に置かれ、左手は前方のスロットル・レヴァーに添えられていた。彼は飛行中ずっと周囲の空に眼を光らせていた。習慣の為せる業だろう、頭は休むことなく右へ左へと、ぜんまい仕掛けのようにゆっくりと機械的に動いていた。そうやってほぼ片時もぬかりなく、頭上も眼下も横方向も青空の隅々まで探っていた。太陽の光の輪の中だけはほかの場所の倍も時間をかけてじっくりと探った。襲いかかるチャンスを狙って敵が身を隠すのがそこだからだ。上空には身を隠せる場所はふたつしかない。ひとつは雲の中。もうひとつが太陽の光の輪の中だ。

パイロットは飛びつづけた。あまたの思いが心に浮かんでは消え、頭の中は恐怖でいっぱいだったが、それでも敵地上空にいるパイロットにふさわしい本能が働いていた。頭の動きを止めることなく、すばやく視線を下に落として計器類を確認した。確認するのには一秒もかからなかった。カメラが一度のシャッターでたくさんの対象物を写真に収めるように、一目見ただけで油圧、燃料、酸素、回転数、過給圧、対気速度を視覚的に記憶し、その仕事を終えるか終えないうちにまた視線を空に戻していた。太陽に眼を向け、眼をすがめるように細くして、太陽の明るくまばゆい光を探っていると、何かが見えたような気がした。確かにそれはそこにあった。まばゆい太陽の表面をゆっくりと横切っていく、小さな黒点。しかし、彼にとってそれはただの黒点ではなかった。彼にとってそれは、翼に機関砲を装備したフォッケウルフの操縦席に坐っている等身大のドイツ軍パイロットを意味した。

自分が敵に気づかれていることはわかっていた。上方の敵は太陽のまばゆい光の中で見られることがないと安心して、とくとこちらを観察しているにちがいない。スピットファイアを眼で追いながら、襲いかかれるチャンスを待っているにちがいない。スピットファイアのパイロットは小さな黒点から眼を離さなかった。頭の動きはもうすっかり止まっていた。彼は敵を見つめていた。眼で敵を追い、スロットル・レヴァーから離した左手を巧みに動かした。すばやく確かな手つきであれこれに触れ、光像式照準器のスウィッチを入れ、射撃ボタンを〝安全〟から〝発射〟に切り換え、親指でそっとレヴァーを押して、ほんの少しだけプロペラのピッチを上げた。

頭の中にはもう戦闘のことしかなかった。もう怖がってはいなかった。怖いという意識もなかった。すべては夢だった。朝、眼を開けたとたん、もう夢のことなど忘れてしまっているように、このスピットファイアの男はいったん敵を見ると、もうすっかり恐怖を忘れていた。いつもそうだった。それまでに百回も起きたことが、また繰り返されようとしていた。彼は一瞬にして冷静沈着になっていた。覚悟を決め、操縦席を臨戦態勢にすると、ドイツ人に視線をすえて相手の出方を待った。

　このスピットファイアの男はすぐれたパイロットだった。彼がすぐれていたのは、いつなんどきでも、そのときが来れば、並はずれた冷静さを発揮し、並はずれた勇気を奮い起こすことができたからだ。が、何よりすぐれていたのはその本能だった。冷静さや勇気や経験よりはるかにすばらしい本能を持っていた。今度は慎重な手つきでスロットルを開き、操縦桿をそっと手前に引いて上昇を試みた。ドイツ人は彼より五千フィート上空にいて、有利な立場にあった。その距離を少しでも詰めるための上昇だったが、あまり時間はなかった。フォッケウルフが機首を下げて太陽から抜け出し、みるみる迫ってきた。それが見えなかったふりをして、そのまま一直線に上昇を続けた。その間ずっと自分の肩越しにドイツ軍機を見ながら、旋回のタイミングをうかがった。旋回が早すぎれば、ドイツ軍機も一緒に旋回するだろう。それで簡単に撃墜されてしまう。旋回が遅すぎれば、そして相手にまっすぐに撃てる腕さえあれば、砲撃は命中するから、やはり簡単に撃墜されることになる。そこで彼は首をめぐらせたまま、肩越しに相手との距離を眼で測りながら待った。やがて射程にはいり、ドイツ人が親指で射撃ボタンを押そうとしたまさにその瞬間、スピットファイアのパイロットは旋回した。操縦桿を目一杯引いて左に傾け、左足でラダーペダルを思いきり踏み込んだ。一陣の風に吹かれたひとひらの木の葉のように、スピットファイアはひらりと機体を横に倒して進行方向を変えた。一瞬、眼のまえが真っ暗になった。

頭と眼の血流が回復し、視力が戻ると、彼は顔を上げた。ドイツの戦闘機がはるか前方に見えた。こちらに合わせて旋回し、大きく機体を傾け、スピットファイアの尾部につこうとして、ますます急な方向転換を試みていた。戦闘開始。「さあ、行くぞ」と彼は自分に言い聞かせた。「またやってやる」声に出してそう言い、にやりと笑った。彼には自信があった。数えきれないほどやってきたことだ。そのたびに勝利を収めてきたことだった。

実際、彼はとびきりのパイロットだった。しかし、ドイツ人も優秀だった。スピットファイアがさらなる急旋回をしようと補助翼（エルロン）を操作すると、フォッケウルフも同じことをして、両機はともに旋回した。突然スピットファイアが減速してフォッケウルフのうしろにつくと、ドイツ機は半横転して急降下し、下方に離れていった。それから宙返りしてまた上昇し、さらに上方に弧を描き、機体が逆さになったところで横転して水平に戻ると、スピットファイアの背後に迫った。スピットファイアも半横転して急降下したが、フォッケウルフはこれを予測していた。スピットファイアのうしろについて同じように半横転し、急降下した。と同時に、スピットファイアを狙ってすばやく発射した。命中はしなかった。こうして少なくとも十五分、二機の小型機は互いのまわりで旋回と急降下を繰り返した。時折離れてはぐるぐると急旋回して互いを見やった。リング上のボクサーがチャンスを狙い、相手のガードが開くか下がるかするのを待ち、眼と眼を合わせてサークリングするように。失速旋回(ストールターン)をしたり、一方がもう一方を攻撃したり、急降下したり、旋回したり、急上昇したりといったことを繰り返した。

　スピットファイアのパイロットは操縦席で常に背すじをまっすぐに伸ばして坐っていた。手ではなく指先で飛行機を飛ばしていた。スピットファイアはもはや単なるスピットファイアではなく、彼の体の一部と化していた。今や彼の腕の筋肉は翼の中に、脚の筋肉は尾翼の中にあり、横転し、旋回し、降下し、上昇するとき、彼が動かしているのはもはや彼の手と脚ではなく、翼と尾翼と機体そのものだった。スピットファイアの機体はもう彼の体そのもので、機体と彼の体のあいだにちがいはなかった。

　こうしたことが続き、戦いながら飛行するうち、両機の高度が次第に下がっていった。オランダの牧草地がぐんぐん近づいてきた。やがてわずか三千フィートの高度で戦うようになり、生け垣や低木や、低木が草の上に落とす影も見えるようになった。

ドイツ人は一度千ヤード先から長距離射撃を試みた。スピットファイアのパイロットは、曳光弾(えいこうだん)が機体の鼻先をかすめていくのを目のあたりにした。至近距離ですれちがったときには、フォッケウルフの操縦席のガラスの向こうに、ドイツ人の頭と肩が見えた。ドイツ人は顔をスピットファイアに向けていて、茶色の飛行帽、ゴーグル、鼻、白いスカーフが見えた。スピットファイアのパイロットは急降下したあと、すばやく水平飛行に移り、気を失ったこともあった。それは普段より長く、おそらく五秒ほど続いただろう。眼が見えるようになると、フォッケウルフを探してあたりをすばやく見まわした。

フォッケウルフは半マイルまえにいた。彼のほうにまっすぐ向かってきていた。一インチほどの薄い黒い線がどんどん大きくなった。またたくまに一インチから一インチ半になり、二インチ、六インチ、ついには一フィートになった。ほとんど時間はなかった。あるのはせいぜい一、二秒。しかし、それで充分だった。何をするか、考えたり悩んだりする必要などなかったからだ。本能が命ずるまま腕と脚、翼や機体を制御しさえすればよかった。やるべきことはただひとつ。スピットファイアはそれをやってのけた。機体を急角度に傾け、フォッケウルフに向かって直角に旋回した。フォッケウルフを正面にとらえ、真っ向から攻撃するために一直線に飛んだ。

二機の戦闘機は今や互いをめざして飛んでいた。スピットファイアのパイロットはなおも背すじをぴんと伸ばして操縦席に坐っていた。この瞬間、これまで以上に、スピットファイアは彼の体の一部になっていた。片眼を光像式照準器――防風ガラスのまえに映し出される小さな黄色い電光の点――に向けた。照準器が前方の薄っぺらなフォッケウルフを狙い、彼はすばやく正確に多方向に機体をわずかに動かした。黄色い点が機体とともに動き、あちこちに跳ねて躍った。が、そこでいきなりフォッケウルフの薄い線にぴたりと重なり、動かなくなった。革の手袋をした右手の親指が発射ボタンを探りあて、狙撃兵が引き金を引くようにそっとボタンを押して発射した。その刹那、フォッケウルフの機首の中の機関砲から小さな火炎が噴き出すのが見えた。初めから終わりまで、すべてが煙草に火をつけるほどのあいだに起きた。ドイツ人パイロットはまっすぐにスピットファイアに向かってきた。フォッケウルフの無彩色の丸い機首と薄く伸びた翼が、突然鮮明にスピットファイアのパイロットの眼に飛び込んできた。両機の翼端が接触して鋭い音が響き、スピットファイアの左翼が機体から裂けた。そして、それは機体を離れ、下に落ちていった。

スピットファイアは死んだ。死んだ鳥が落ちるように、死ぬときにいくらか羽をばたつかせるように、飛んでいた方向にそのまま流され、落下した。パイロットはベルトをはずし、飛行帽を取り、操縦席の風防（キャノピー）をうしろにスライドさせた。両手を使ったほとんど一度の動作で。続いて操縦席の両サイドをつかみ、機体から身を外に投げ出すと、落下しながらリップコードに右手を伸ばしてつかんで引いた。パラシュートがうねるようにふくらみ、開ききると、装着具(ハーネス)が股に強く食い込んだ。

突然、横溢(おういつ)的なまでの静寂が訪れた。風が顔と髪に強く吹きつけ、片手を上げて眼にかかった髪を掻き上げた。パイロットはおよそ千フィートの上空にいた。眼下を見下ろすと、そこは木立がまったくない、牧草地と生け垣だけの平らな緑の田園地帯だった。真下の牧草地に乳牛がちらほらと見えた。パイロットはふと顔を上げると眼を凝らしてつぶやいた。「なんてこった」右手をすばやく右側の腰にまわして探ったが、そこにあるはずのリヴォルヴァーはなかった。同じ高度で五百ヤードと離れていないところをほぼ同時にパラシュートで降りている者がいた。眼にはいった瞬間わかった、あのドイツ人パイロット以外にはありえない。相手の戦闘機もスピットファイア同様、さっきの衝突で損傷したにちがいない。あのパイロットもすばやく機外に脱出したのだろう。こうしてふたりしてかなり近いところを落下していることからすると、着地するのも同じ牧草地になる可能性が高かった。

もう一度ドイツ人パイロットを見た。装着具(ハーネス)を身につけ、両脚を開いて宙に漂い、頭上に上げた両手でパラシュートのコードをつかんでいた。小柄で、ずんぐりした体型に見えた。決して若くはなかった。ドイツ人も彼を見ていた。いっときも眼をそらそうとせず、体が反転しても、首をひねって肩越しに彼を見つづけていた。

こうしてふたりはそのまま降下を続けた。互いに相手を観察し、このあと起こることを考えていた。この場合、ドイツ人は王さまだった。自分の領土に落下しているのだから。スピットファイアのパイロットは敵地に着地しようとしていた。捕虜になるか、殺されるか。一方、こっちがドイツ人を殺したら――とスピットファイアのパイロットは思った――逃げられる。どっちみち逃げてやる。おれのほうがまちがいなくあのドイツ人より速く走れるはずだ。相手はあまり足が速そうには見えない。牧草地で足の勝負をあいつに仕掛け、逃げきってやる。

地面が近づいてきた。もう何秒も残されていなかった。ドイツ人もほぼまちがいなく彼と同じ牧草地に、乳牛がいる牧草地に着地しそうだった。パイロットは下に眼をやり、どんな牧草地か、生け垣は鬱蒼（うっそう）と生い茂っているか、生け垣に門はあるか、確かめた。真下の牧草地には小さな池があり、細い小川がその池を抜けて流れていた。池は乳牛の水飲み場になっていて、岸は泥でぬかるみ、水も濁っていた。その池が真下に迫った。残りの高さが馬の背丈ほどとなり、しかもかなりの速度で落ちていた。池の真ん中に落ちようとしていた。急いで頭上のコードをつかみ、パラシュートの片側から風を抜いて方向を変えようとしたが、遅すぎた。うまくいかなかった。そのとき突然、何かが脳の表面とみぞおちのあたりをかすめ、戦闘中は忘れていた恐怖にまた取り憑かれた。池とその黒い水面に眼をやると、池は池でなく、水は水でなくなっていた。地表に黒く小さな穴があき、その穴が地表から何マイルも何マイルも伸びていた。険しくなめらかな穴の側面は船腹のようで、穴の深さからすると、ひとたび落ちたら、どこまでも永遠に落ちていきそうに思えた。穴の口とその深さを見ていたら、自分など誰かに拾われて宙に投げられ、穴に落ちていく茶色の小石にすぎなくなったように思われた。牧草地の草の中で誰かに拾われた小石。彼はそんなちっぽけな存在となって今なお落下を続けていた。そして、下では穴が待ちかまえていた。

バシャッ。体が水面を打った。水中に沈み、両足が池の底についた。足は底の泥にはまり、全身が水に浸かっていたが、頭はすぐに水の上に出すことができた。立ってみると、池の深さは肩までしかなかった。パラシュートにすっぽり覆われていた。頭にはコードと白い布地のかたまりがからまり、両手であちこちを引っぱってみてもますますからまるだけだった。白いパラシュートに頭を包まれ、白い布地とからまったコード以外は何も見えず、そのため一層恐怖が募った。岸に向かおうとしたが、両足が泥にはまり込んでしまっていた。いつのまにか膝まで沈んでいた。とにもかくにもパラシュートとからまったコードと格闘し、両手で引っぱり、頭からはずそうとしていると、草地を走る足音が聞こえてきた。その足音は近づいてきていた。大きな水しぶきの音がして、あのドイツ人が飛び込んだかと思った次の瞬間、人の重みに押し倒された。

　気づくと水中に没していた。反射的にもがいた。が、両足はまだ泥にはまったままで、相手の男にのしかかられていた。そいつは両腕で彼の首をつかんで水の中に沈め、指に力を込めて首を絞めてきた。彼は眼を開け、茶色く濁った水を見た。水の中の泡に気づいた。茶色い水の中を小さな明るい色の泡がゆっくりと昇っていた。騒々しい音も、叫び声も、何もなかった。水の中には、昇っていく明るい色の泡しかなかった。その泡を見ていたら、突然、よく晴れた日のように心が澄み渡り、おだやかになった。もうもがくのはやめよう。彼はそう決めた。もがいても意味がない。空に黒い雨雲が現われたら、雨が降るに決まっている。

　力を抜き、体じゅうの筋肉の緊張を解いた。もがこうという気持ちはもうまったくなくなっていた。もがかないのも悪くない。そう思った。もがいたってしょうがない。あんなにも激しく、あんなに長くもがいていたなんて、おれは馬鹿だった。空に雨雲が現われたのに太陽を拝もうなんて、おれは馬鹿だった。雨が降ることを祈るべきだった。雨よ、降ってくれと叫ぶべきだった。雨よ、降れ、どしゃ降りになれ、おれはちっともかまわない。そう叫ぶべきだった。そうしていたら、きっと楽になれていただろう。そうしていたら、ずっとずっと楽になれていただろう。五年間もがいてきたが、もうそうする必要もない。このほうがずっといい。このほうがはるかにいい。どこかに散歩してみたい木立があっても、もがいていては散歩はできない。ベッドをともにしたい娘がどこかにいても、もがいていては寝られない。何をするにももがいちゃいけない。なによりもがいて生きちゃいけない。だから、これからはしたいことをすべてしよう。あくせくはもうなしだ。

そう割り切った。なんて心が和み、心地よいことか。なんて晴れ渡った日だろう、なんて美しい牧草地だろう。乳牛がいて、小さな池と生け垣があって、青々とした生け垣にはサクラソウが茂っている。おれを悩ませるものはもう何もない。何も、何も、何もない。池の向こうで水しぶきをあげているあの男にしてもそうだ。男はかなり息を切らし、喘いでいる。池から何か、何か重そうなものを引きずり出そうとしている。今、それを岸に引き上げ、草地まで引きずっている。妙だ。あれは体だ。男の体だ。しかもあれはおれじゃないか。そう、おれだ。飛行服のまえについた黄色いペンキの染みでわかる。男は膝をつき、おれのポケットを探り、おれの金と身分証を取り出している。おれのパイプと、今朝、おふくろから届いた手紙を見つけ、おれの腕時計をはずしている。

今、男は立ち上がろうとしている。その場から立ち去ろうとしている。池のほとりの草地に横たわるおれの体をあとに残して行ってしまおうとしている。急ぎ足で牧草地を横切り、門に向かっている。男はずぶ濡れで、興奮しているようだ。もう少しリラックスすればいいのに。おれみたいにリラックスすればいいのに。あれでは愉しむことなんてできやしない。あの男に言ってやろう。

「ちょっとはリラックスしたらどうだ？」

なんとなんと。おれが話しかけたらあいつは飛び上がった。それにあの顔。あの顔ときたら。あんなに肝をつぶした顔は見たことがない。男は駆けだした。何度も肩越しに振り向くものの、足を止めようともせず。それにしても男のあの顔。世の中の不幸を全部背負い込んだような怯えた顔。あんな男とは一緒に行きたくない。あのまま行かせてやろう。おれはもう少しここにいたい。それから生け垣に沿って歩き、サクラソウを見つけよう。運がよければ、白いスミレも見つかるかもしれない。そうしたらひと眠りしよう。そう、ひと眠りしよう、陽だまりの中で。

あるアフリカの物語
An African Story

イギリスにとって戦争は一九三九年九月に始まった。本国にいた者はただちにそれを知り、準備に取りかかった。本国から遠く離れたところにいた者たちは何分か遅れてそれを聞き、彼らもまた準備を始めた。

東アフリカ、イギリス直轄のケニア植民地にひとりの白人の若い狩猟家がいた。平原と渓谷、それにキリマンジャロ山腹の寒い夜を愛する男で、彼も開戦の知らせを聞くと準備を始め、はるばるナイロビまで赴き、イギリス空軍（R.A.F.）に出向いてパイロットを志願した。入隊を許可されると、ナイロビの空港で飛行訓練を開始し、小型複葉機のタイガー・モス練習機に乗って、訓練を順調にこなした。

が、五週間後、危うく軍法会議にかけられそうになる。上空でのきりもみ（スピン）と失速反転（ストールターン）

の練習を命じられていたにもかかわらず、平原の野生動物を見ようと、ナイロビ北西のナクルの方角へ向かってしまったのだ。その途中、セーブルアンテロープ（サーベル状の角を持つ大型のレイヨウ）を見た気がした。セーブルアンテロープは希少な動物だ。彼は胸を躍らせ、もっとよく見ようと高度を下げると、操縦席の左側に身を乗り出して見下ろした。そのため、反対側にいたキリンに気づくのが遅れた。右翼の前縁がキリンの頭部のすぐ下にあたり、キリンの首をそこからすぱっと切断した。それほど低空を飛行していたのだ。それで翼が損傷したものの、なんとかナイロビに帰還できた。しかし、大型の鳥に衝突したなどという説明はできなかった。翼と翼の支柱にキリンの皮膚と毛が付着していたのでは。それで、さきに述べたように、軍法会議にかけられそうになったのである。

六週間後、初の単独長距離飛行の許可がおり、彼はナイロビを発って、さらに高地にある標高八千フィートの小さな町エルドレットへ向かった。が、そこでまたしても不運に見舞われる。今度は燃料タンクに水が溜まってしまったせいで、飛行中にエンジントラブルを起こしたのだ。それでも彼はうろたえることなく、機体を傷つけることもなく、見事に緊急着陸に成功した。そこは高地の平原地帯で、着陸位置からそう離れていない場所にちっぽけな小屋が一軒ぽつんと建っていた。見るかぎり、ほかに人の住まいはなかった。そもそも人里離れた場所だった。

小屋まで歩いていくと、老人がひとりで住んでいた。わずかばかりのヤムイモ畑と、茶色の鶏が数羽と黒い牝牛が一頭以外、何も所有することなく。

親切な老人で、食べものと牛乳と寝る場所を与えてくれた。パイロットはそんな老人と二日二晩をともにした――ナイロビからやってきた捜索機が上空から彼の飛行機を見つけ、そのかたわらに着陸して故障の原因を突き止め、また飛び立ち、彼が自分の飛行機で帰還できるよう、問題のない燃料を持って戻ってくるまで。

何カ月も誰にも会うことがなく、人恋しかった老人は、パイロットがいるあいだ、話し相手を持つ機会ができたことを喜んだ。よくしゃべる老人で、パイロットはもっぱら聞き役だった。孤独な生活のこと、夜になるとやってくるライオンのこと、西の丘に棲む凶暴なはぐれゾウのこと、日中の暑さのこと、真夜中の冷え込みとともに訪れる静寂のことなどなど、老人はあれこれ語った。

二晩目、老人は自分自身のことを話した。それは長くて奇妙な話だった。話すことで老人が肩から大きな重荷をおろしているようにパイロットには思えた。話しおえると、誰かに話したのはこれが初めてだと、今後はもう二度と誰にも話さないと老人は言ったが、あまりにも奇妙な話だったので、パイロットはナイロビに帰還するとすぐに紙に書きとめた。老人が語ったことばでではなく、パイロット自身のことばで書いた。老人を登場人物のようにして、絵を描くように書いた。そうするのが一番いい方法だったからだが、物語を書くのは初めてだったので、当然ながらまちがいもあった。画家が絵の具で技法を駆使するように、作家はことばの技法を駆使するわけだが、彼はそんなことは何ひとつ知らなかった。それでも、彼が書きおえて鉛筆を置き、ビールを一杯やりに基地内の酒保へ行ったあとには、稀に見る力強い物語が残されていた。

その二週間後、私たちは訓練中に亡くなった彼の遺品を整理していて、スーツケースの中にそれを見つけた。彼には身寄りがなく、友人だった私が原稿を預かり、保管することになった。

以下は彼が書いた物語である。

老人は戸口からまぶしい陽射しの中に出ると、いっとき杖に寄りかかってあたりを見まわし、強い陽光に眼をしばたたかせた。そして、首を傾げて天を仰ぐと、聞こえたと思った物音に耳をすました。

老人は小柄でがっしりした体格で、歳は七十を優に超えていた。もっとも、リウマチのせいで体のあちこちが思うように動かず、見た目は八十半ばに近かったが。顔は灰色のひげで覆われており、口を動かすときには顔の片側だけを動かした。頭には、小屋の中だろうと外だろうといつも、汚れた白い日よけ帽をかぶっていた。

　まぶしい陽射しの中にじっと立ったまま、老人は眼をすがめるようにして、物音に耳をすました。

　ああ、やっぱりまた聞こえた。老人はすばやく顔の向きを変えると、百ヤードほど離れた草地に建つちっぽけな木造の小屋に眼を向けた。今度はまちがいない。犬の鳴き声だ。犬が大きな危険にさらされたときにあげる、鋭く突き刺すような苦悶の甲高い鳴き声。そのあとさらに二度聞こえたが、今度は鳴き声というより叫びに近かった。体の奥のどこか小さな場所からいきなり絞り出されたような、鋭く甲高い声だった。

　老人は体の向きを変えると、足を引きずりながら急いで草地を横切り、ジャドスンの住む小屋まで行くと、ドアを押し開けて中にはいった。

　白い小犬が床に横たわっていた。ジャドスンはその脇に脚を広げて立ち、小犬を見下ろしていた。その面長の赤ら顔は、乱れた黒い髪にすっかり隠され、骨と皮ばかりの長身にまとった、脂で汚れた白いシャツには汗をにじませ、なにやらひとりごとをつぶやいていた。顎が重すぎるとでもいうかのように、生気のない奇妙な恰好に口を開き、その口から顎の真ん中にうっすらと涎（よだれ）が垂れていた。床に横たわる白い小犬を見下ろしながら、片手で左の耳をゆっくりとひねり、もう一方の手で太い竹の棒を握っていた。

老人はジャドスンにはかまわず、愛犬の横に両膝をつくと、痩せた手でその背中をやさしく撫でた。犬は身じろぎもせず横になったまま、潤んだ眼で老人を見上げた。ジャドスンはその場から動かず、ただ犬と老人を見つめていた。

老人はゆっくりと体を起こし、両手で杖の頭を握って、難儀をしながら立ち上がると、小屋の中を見まわした。奥の隅の床に汚いしわくちゃのマットレスが置かれていた。荷物を送る木箱でつくったテーブルがあり、その上には携帯用の石油コンロが置かれ、ところどころ剝げた青い琺瑯引きの片手鍋がのせられていた。床には鶏の羽根と泥が散らばっている。

老人は探していたものを見つけた。ずっしりとした鉄の棒がマットレスのそばの壁に立て掛けられていた。老人は足を引きずりながら、その棒のところに向かった。歩を進めるたび、木の床板に杖がこつんとあたってうつろな音をたてた。小犬は老人がそんなふうに足を引きずりながら小屋の中を歩くさまを眼で追っていた。老人は杖を左手に持ち替え、右手で鉄の棒をつかみ、また足を引きずって小犬のところに戻ると、ためらいなく棒を振り上げ、小犬の頭に勢いよく振りおろした。それから棒を床に投げ捨て、ジャドスンを見やった。ジャドスンはまだ両脚を広げて立っていた。涎が顎を伝っていた。眼尻が両眼ともぴくぴくと痙攣していた。老人はジャドスンのすぐそばまで行って、話しかけた。激しい怒りを抱えながらも、とてもおだやかにゆっくりと。話すときには口の片側だけを動かして。

「おまえがこいつを殺したんだ」と老人は言った。「背骨を折って」

怒りがますます込み上げ、その怒りが彼に力を与え、さらにことばがあふれた。背の高いジャドスンを見上げ、そのことばをジャドスンの顔に吐きかけた。ジャドスンは両の眼尻を引き攣らせながら壁のほうへあとずさりした。

「このシラミ野郎。犬叩きの人でなし。あいつはおれの犬だった。いったいなんの権利があって、おれの犬をぶっ叩いたのか言ってみろ。答えるんだ。この涎垂らしのいかれ頭が。答えるんだ」

ジャドスンはシャツの前身頃に左の手のひらをゆっくりと上下にこすりつけていた。今は顔全体が痙攣しはじめており、下を向いたまま口を開いた。「肢を舐めるのをやめようとしなかったんだよ。いつも舐めてるあそこを。舐めてるその音に耐えられなかったんだ。ああいう音におれが我慢できないのは知ってるだろ？　ぺちゃぺちゃ、ぺちゃぺちゃ、ぺちゃぺちゃ。やめろとは言ったよ。そしたら、こいつは顔を上げてしっぽを振った。でも、舐めるのはやめなかった。もうこれ以上耐えられなくて、叩いたんだ」

老人は何も言わなかった。ただ一瞬、眼のまえの男を殴りそうになった。が、上げかけた手をまた下におろすと、床に唾を吐いた。それからジャドスンに背を向け、足を引きずりながらドアを抜け、陽射しの中に出ると、草原を横切り、小さなアカシアの木の木陰にいる黒い牝牛のところまで歩いた。牝牛は老人が小屋から出て足を引きずりながら草原を横切るのを反芻しながら見ていた。見ながら反芻を繰り返していた。規則的に、機械的に、スローテンポのメトロノームのように、顎を動かしていた。老人はよろよろと牝牛に近づくと横に立って首を撫で、牝牛の肩にもたれ、杖の先端で牛の背中を掻いた。そうやって長いことそばに立って牝牛にもたれかかり、背中を杖で掻きつづけた。時折、牝牛に話しかけもした。静かで些細なことばで。誰かに秘密を打ち明けるかのように。ほとんど囁くような声で。

そのアカシアの木陰から見えるまわりの土地は、長く雨が降りつづいたおかげで、心地よく緑豊かな景観を呈していた。ケニアの高原では草は青々と育つ。雨のあとのこの時季には、世界のどこにも負けないくらい青々として豊かな土地になる。頂に雪をたたえたケニア山が北の彼方に見えた。頂上から細長い白い煙がたなびいていた。凍てつく風が嵐となって、山のてっぺんから白い粉雪を舞い上がらせているのだ。同じ山の下方の山腹にはライオンやゾウがいた。夜には月を見上げるライオンの咆哮が聞こえることもあった。

数日が過ぎ、ジャドスンはいつもの畑仕事をしていた。無言で機械的に、トウモロコシをもぎ取り、ヤムイモを掘り、黒い牝牛から乳を搾っていた。老人のほうは、アフリカの過酷な陽射しを避けて、家の中にいた。ただ、夕方、大気が肌に涼しく感じられるようになると、足を引きずって外に出て、いつも黒い牝牛のところまで行き、アカシアの木の下で一時間ほど過ごした。ところが、ある日、外に出ると、ジャドスンが牝牛の横に立って奇妙な面持ちで牝牛を見ていた。ジャドスンは片足をもう一方の足のまえに出す独特の恰好で突っ立って、右手で耳を軽くひねっていた。

「今度はなんだ？」老人は足を引きずって近づくと尋ねた。

「牝牛が噛むのをやめないんだ」とジャドスンは言った。

「反芻してるんだよ」と老人は言った。「放っておけ」

ジャドスンは言った。「この音だ。聞こえないか？　小石を噛んでるみたいにごりごりくちゃくちゃ、ごりごりくちゃくちゃ。だけど、小石を噛んでるわけじゃない。草と唾を噛んでるんだ。こいつを見てくれ。ずっとごりごりくちゃくちゃ、ごりごりくちゃくちゃ。ただ草を噛んで吐き出してる。この音が頭に直接はいり込んでくるんだ」

「おれの土地から出ていけ」と老人は言った。「おれの眼の届かないところへ消えうせろ」

明け方、いつものように老人は窓辺に坐って外を見ていた。ジャドスンが乳を搾ろうと小屋から出てくるのが見えた。眠そうに草原を横切り、歩きながらひとりごとをつぶやいていた。足を引きずっているせいで、湿った草地に濃い緑色の跡が残った。牛乳入れに使っている、四ガロンはいる古い灯油缶を手に持っていた。太陽が丘陵地に昇りはじめ、ジャドスンと牝牛と小さなアカシアの木のうしろに長い影ができた。ジャドスンは缶を地面に置き、アカシアの木のそばから箱を取ってきて、その上に腰をおろした。あとは乳を搾るだけだった。ところが、見ていると、急にひざまずいて牝牛の乳房を両手でまさぐった。それを見るなり、老人が坐っているところからでも、牝牛には乳が溜まっていないことがわかった。ジャドスンは立ち上がると、老人の小屋へ急ぎ足でやってきた。そして、老人が坐って外を見ている窓の下に立つと、老人を見上げて言った。

「あの牝牛、乳が出ない」

老人は窓枠に両手をつくと、開いた窓から身を乗り出して言った。

「このくそシラミ野郎。おまえが盗んだんだ」

「盗んでなんかいないよ」とジャドスンは言った。「おれは寝てたんだから」

「おまえが盗んだんだ」老人はさらに窓から乗り出して、口の片側だけで静かに言った。

「こんなことをしやがって。叩きのめしてやる」

ジャドスンは言った。「夜中に誰かが盗んだんだよ。この土地のやつが。キクユ族のやつとか。それか、牛が病気なのか」

老人にはジャドスンが嘘をついているようには思えなかった。「すぐにわかる。夕方になると、乳が出るかどうか。だから今はおれの眼の届かないところへ消えうせろ」

夕方には牝牛の乳房は乳でいっぱいになり、老人はジャドスンが良質の濃い牛乳を二クォートばかり搾るのを眺めた。

しかし、翌朝になると、牝牛の乳房はまた空になった。そして、夕方にはいっぱいになった。三日目の朝はまた空っぽだった。

三日目の夜、老人は寝ずの番をすることにした。暗くなりはじめるとすぐに、開いた窓の近くに陣取り、十二番径の古いショットガンを膝の上に置いて、泥棒がやってきて夜のあいだに彼の牛の乳を搾り取るのを待ちかまえた。最初、あたりは真っ暗で牛すら見えなかったが、すぐに満月に近い月が丘陵の上に現われて明るくなった。ほとんど昼間のようだった。とはいえ、その高地の標高は七千フィート、身を切るような寒さだ。老人は自分の持ち場で寒さに震えながら、茶色い毛布を肩まで引っぱり上げた。今ではまるで昼間のようにはっきりと牛が見えた。月が小さなアカシアの木の背後に浮かび、草の上に木の影が色濃く伸びている。

老人は夜どおし窓辺に坐って牛を見ていた。一度だけよろよろと立ち上がってもう一枚毛布を取りに奥へ行っただけで、牛からはずっと眼を離さなかった。牛は小さな木の下で反芻したり、のんびりと月を眺めたりしていた。

夜明けまで一時間というところで、牝牛の乳房は満杯になった。老人にはそれがわかった。一晩じゅう牝牛を見張りつづけていたのだ。もっとも、時計の短い針の動きなど誰にもわからないのと同様、乳房がふくらんでいくのが観察できたわけではないが。それでも、乳が降りてきて乳房が満杯になるところはずっと意識して見ていた。夜明けまであと一時間。月は空の低いところに移ろっていたが、まだ明るかった。牝牛も小さな木もそのまわりの青々とした草地もちゃんと見えていた。そこで老人はいきなり頭をぴくりと動かした。何か音がしたのだ。まちがいない。確かに音がした。そう、また聞こえた。彼が坐っている窓辺のすぐ下の草地で何かがかさかさと音をたてていた。老人は急いで腰を上げ、窓から地面を見た。

音の主はすぐに見つかった。黒い大きな蛇。マンバだ。夜露に濡れた草地をすべらかに這っていた。体長は八フィート、胴の太さは人間の腕ほどもある毒蛇が牝牛めがけてまっしぐらに、かなり速い動きで這っていた。洋ナシに似た形の小さな頭をほんの少しだけもたげて進むマンバの胴体と濡れた草がこすれる、ガスが洩れるようなしゅうしゅうという音がはっきりと聞こえた。老人は銃を構えてマンバを撃とうとした。が、すぐに銃をおろした。どうして撃たなかったのかは彼にもわからなかった。老人はまた腰をおろし、牝牛に近づいていくマンバを身じろぎもせずに見つめ、這い進む毒蛇がたてる音を聞きつづけた。そして、マンバが牝牛の間近まで迫り、襲いかかる瞬間を待った。

　ところが、マンバは牝牛に襲いかかったりはしなかった。もたげた鎌首をしばらくのあいだ前後に揺らした。そして、牝牛の乳房の真下で黒い胴体の前半分を宙に浮かせ、太い乳首のひとつをそっとくわえると、乳を飲みはじめた。

　牝牛はぴくりとも動かない。どこからも音は聞こえてこず、マンバは地面から半身を持ち上げ、優美な曲線を描いて牝牛の乳房にぶら下がっていた。月明かりの中、そんな黒い蛇と黒い牝牛の姿がはっきりと見えた。

　老人は三十分ばかりマンバが牝牛の乳を飲む様子を眺めつづけた。乳房から乳を吸うマンバの黒い胴体がゆるやかに脈動していた。しばらくすると、マンバは別の乳首をくわえた。そのあと次から次へとくわえる乳首を替え、乳を飲みつづけた。やがて一滴残らず飲み干すと、ゆっくりと地面に身を戻し、草地をするすると這い、やってきた方向に戻っていった。あのしゅうしゅうという音をたて、濡れた草地に濃緑の細い跡を残しながら進み、老人がいる窓の真下を通って、小屋の反対側に消えた。

月がゆっくりとケニア山の稜線の向こうに落ちていった。月の入りとほぼ同時に、太陽が東の切り立った山の斜面から顔を出した。ジャドスンが四ガロンはいる灯油缶を片手に小屋から出てきた。眠たげな様子で足を引きずりながら、夜露でぐっしょりと濡れた草地の上を牝牛のほうに歩いていた。老人はその様子を見守り、待った。牝牛のそばまで来ると、ジャドスンは屈んで乳房に触れた。それを見て、老人は呼ばわった。その大声に驚き、ジャドスンは飛び上がった。

「また乳が盗まれた」と老人は言った。

「ああ、空(から)になってる」とジャドスンは答えた。

「どうやら」老人はおもむろに言った。「キクユ族の小僧の仕業のようだ。こっちがちょっとうとうとした隙にやってきて、はっと気づいたときにはもう逃げられちまった。こいつで撃とうとはしたんだが、牝牛が邪魔になってな。小僧は牝牛を盾にして逃げた。今夜もおれは寝ずの番をする。今度こそとっ捕まえてやる」

ジャドスンは何も言わず、灯油缶を取り上げると小屋に戻っていった。

夜になると老人はまた窓辺に坐り、牝牛を夜どおし見張った。その夜の老人はこれから眼にすることを考えて、そのことを明らかに愉しみにしていた。あのマンバが今夜もやってくることはわかっていた。ただ、それを今一度確かめたかったのだ。かくして夜明けの一時間前、大きな黒い蛇がまた姿を見せ、牝牛に向かって草地を這い進んでいった。老人は窓から身を乗り出し、牝牛に近づいていくマンバを眼で追った。マンバは牝牛の腹の下まで来ると、しばらくのあいだじっとしていた。そして、もたげた鎌首を五、六回前後にゆっくりと揺らしてから、ようやく半身を持ち上げて乳首をくわえた。そして、三十分ほどかけて乳を全部吸い取ると、身をおろし、草地をすべるように這い、小屋の反対側に戻っていった。老人はその一部始終を見守り、そのうち声もなく笑いはじめた、口の片側だけを動かして。

やがて太陽が山並みの向こうから昇ってきた。ジャドスンも灯油缶を手に小屋から出てきた。が、その朝はまっすぐ老人の小屋にやってきて、毛布で体を包んで窓辺に坐っている老人に尋ねた。

「どうだった？」

老人は窓からジャドスンを見下ろして答えた。「どうもこうも。何も見なかった。また寝ちまってな。寝てるあいだにクソ坊主がやってきて、また盗んでいきやがった。いいか、ジャドスン」と老人は続けた。「この小僧は捕まえなきゃならん。でないと、乳が足りなくなる。だからと言っておまえが困るわけでもないが。それでも捕まえなきゃならん。だけど、おれには小僧を撃てない。ずる賢い小僧で、決まって牛を盾にしゃがるんだ。おまえが捕まえろ」

「おれが？　どうやって？」

老人はどこまでもゆっくりと説明した。「こうすればどうかな。牛の脇に隠れるんだ。すぐ脇に。乳泥棒をとっ捕まえるにゃそれしかない」

ジャドスンは左手で髪をくしゃくしゃにしながら老人の話を聞いていた。

「今日のうちに」と老人は続けた。「牛の真横に浅めの溝を掘っておけ。その中に横になって干し草やら草やらで覆えば、小僧もすぐそばに来るまで気づかないだろう」

「ナイフを持ってるかもしれない」とジャドスンは言った。

「いや、それはないだろう。おまえは棍棒を持っていけ。それで充分だ」

ジャドスンは言った。「よし、棍棒を持っていくよ。で、小僧が来やがったら、飛びかかって、棍棒でぶん殴ってやる」そこでふと何かを思い出したようだった。「牛が噛む音は？　あの音を朝まで聞かされるのはたまらない。ごりごりくちゃくちゃというあの唾の音だ。小石みたいに草を嚙む音だ。あんな音を一晩じゅう聞かされるのはごめんだよ」そう言って、ジャドスンはまた左耳をひねりはじめた。

「いいから言われたとおりにするんだ」と老人は言った。

その日、ジャドスンは牝牛の横に溝を掘った。畑をうろつかないよう、牝牛は小さなアカシアの木につながれた。夕方になり、溝の中で一夜を過ごす準備をしていると、老人が小屋の戸口までやってきてジャドスンに言った。「明け方まで何もすることはない。盗っ人は乳が溜まるまでやってこない。だから、それまではおれの小屋で待つといい。このむさくるしいちっぽけな小屋より暖かいぞ」

ジャドスンはこれまで一度も老人の小屋に招かれたことはなかったのだが、溝の中で一晩じゅう横にならずにすむとあって、喜び勇んで老人についていった。小屋の中にはろうそくがともされていた。テーブルに置かれたビール壜に挿されていた。

「紅茶をいれてくれ」床に置かれた携帯用の石油コンロを指差して、老人が言った。ジャドスンはコンロに火をつけて紅茶をいれた。ふたりはそれぞれ木箱に坐り、紅茶を飲んだ。熱い紅茶を老人はずるずると大きな音をたててすすった。ジャドスンは息を吹きかけて冷ましながら慎重に口にして、カップの縁越しに老人を見つめた。老人は茶をすすりつづけた。が、それもいきなりジャドスンが「やめてくれ」と言うまでのことだった。哀願していると言ってもいい、静かな声だった。それでも言うなり、両の眼尻と口元がひくひくと痙攣しはじめた。

「やめろって何を?」と老人は言った。

「その音だ。あんたが紅茶をすするのにたててる音だ」

老人はカップを置くと、いっとき黙って相手を見つめてから言った。「今までにどれだけ犬を殺した、ジャドスン？」

返事はなかった。

「何匹殺したのかって訊いてるんだ。何匹殺した？」

ジャドスンはカップから紅茶の葉をつまみ、左手の甲にくっつけはじめた。老人は木箱に坐ったまま身を乗り出して繰り返した。

「何匹殺した、ジャドスン？」

ジャドスンは慌ててさらに茶葉をつまんだ。空（から）になったカップに指を突っ込み、一枚ずつ葉をつまみ出してはすばやく手の甲に押しつけ、すぐさまカップに手を戻して別の葉をつまみ上げた。葉が残り少なくなってすぐには見つからなくなると、身を屈めてカップの中をのぞき込み、残った葉を探した。カップを持っているほうの手の甲が一面濡れて黒ずんだ茶葉に覆われた。

「ジャドスン！」老人は大声をあげた。口の片側がトングのように開いて閉じた。ろうそくの炎が揺れ、また静止した。

老人は抑えた声で、ことさらゆっくりと子供をなだめるような口調で言った。「今までにいったいどれくらい犬を殺したんだ？」

「なんであんたに教えなきゃならない？」とジャドスンはうつむいたまま言った。今度は手の甲から茶葉を一枚一枚つまみ上げ、カップの中に戻していた。

「知りたいんだよ、ジャドスン」と老人はいたっておだやかな声で続けた。「おれもそういうことがすごくしたくなってきたんだよ。だから話し合いたいんだ。いろいろと計画を練って、もっと愉しもうじゃないか」

ジャドスンは顔を上げた。涎が顎を伝い、顎の先からいったん垂れ下がってからぽたりと床に落ちた。

「音がうるさいから殺しただけだ」

「どれだけ殺してたんだ？　それが知りたい」

「まえはずいぶんやってた」

「どうやって？　教えてくれ、どんなふうにやってたのか。一番好きなやり方は？」

返事はなかった。

「教えてくれ、ジャドスン。ぜひとも知りたいんだ」

「なんで教えなきゃならないのかわからない。これは秘密なんだから」

「誰にも言わないよ。絶対にしゃべらないって約束するよ」

「まあ、あんたがそう言うなら」ジャドスンは木箱をずらして老人のほうに寄せ、声をひそめて言った。「一度はそいつが眠り込むのを待って、でかい石を持ち上げて頭に落としてやった」

老人は立ち上がって自分で紅茶を注いだ。「おれの犬は殺さなかったじゃないか。そんなふうにはやらなかった」

「時間がなかったんだ。舐めてる音があんまりひどいから、早いとこやらなきゃならなかったってことだ」

「とどめも刺さなかった」

「音はもうやんだから」

老人は戸口まで行って外を眺めた。すでに暗くなっていた。月はまだ出ていなかったが、澄みきった寒い夜空には無数の星がきらめいていた。東の空がかすかに青白かった。老人が見守るうち、その青白さが大きくなり、やがてまばゆい光に変わって空全体に広がると、高原の草についた小さな露のしずくがその光を受けて輝いた。丘の向こうにゆっくりと月が昇った。老人は振り向いて言った。「準備したほうがいいな。ひょっとしたら、今夜は早めにやってくるかもしれない」

ジャドスンも腰を上げ、ふたりは小屋の外に出た。牝牛のそばに掘った浅い溝にジャドスンが横になり、頭だけ地面からのぞくようにして草で覆い隠して、老人が言った。

「おれも一緒に見張ってるからな。窓から見てるよ。声をかけたら飛び起きて、やつを捕まえるんだぞ」

そう言って、老人は足を引きずりながら小屋に戻ると、二階に上がって毛布にくるまり、窓際に陣取った。時間はまだ早かった。ほぼ満月に近い月がケニア山の頂に積もった雪を照らしながら天空を昇っていた。

一時間ほど経った頃、老人が窓から叫んだ。

「まだ起きてるか、ジャドスン？」

「ああ」とジャドスンは答えた。「ちゃんと起きてるよ」

「眠り込むなよ」と老人は言った。「何があろうと眼を開けてるんだぞ」

「牛がひっきりなしに草を噛んでる」とジャドスンは言った。

「いいか、今起き上がってみろ、銃をぶっ放すからな」と老人は言った。

「おれを撃つつもりか？」

「起き上がったらおまえを撃つ。そう言ったんだ」

ジャドスンが横になっているあたりから、かすかにすすり泣くような声が聞こえてきた。子供が泣くのを我慢しているような、喘（あえ）いでいるような、妙な声だった。そこでジャドスンが言った。「じっとしてるなんて無理だ。出させてくれ。噛む音がやまないんだ」

「もし起き上がったら」と老人はもう一度言った。「おまえのどてっ腹に弾丸(たま)をぶち込んでやる」

すすり泣きのような声は一時間ばかり続き、そこで不意にやんだ。そろそろ四時になろうとしていた。ひどく冷え込んできたので、老人は毛布の中でさらに身をちぢめ、大声で呼びかけた。「外は寒いか、ジャドスン？　どうだ、寒いか？」

「ああ」と答える声がした。「ひどく寒い。でも、牛が噛むのをやめたから大丈夫だ。眠っちまったんだろう」

老人は言った。「盗っ人を捕まえたら、そいつをどうするつもりだ？」

「さあな」

「殺すか？」

間(ま)があった。

「わからない。とにかくとっ捕まえるだけだ」

「見ててやるよ。こいつは面白いことになりそうだ」老人はそう言うと、窓に両腕をついて身を乗り出した。

そのとき、窓の下で物がこすれ合うような音がした。老人がさらに身を乗り出して見ると、マンバがいた。草の上をすべるように進んで牝牛のほうに向かっていた。地面からわずかに鎌首をもたげ、すばやく移動していた。

マンバとのあいだが五ヤードほどになったところで、老人は声をあげた。両手で椀の形をつくって口にあて、声を張り上げた。「そら来たぞ、ジャドスン。やつが来た。飛びかかって捕まえるんだ」

ジャドスンは慌てて頭を上げて上を見た。マンバが見えた。マンバも彼を見た。一秒か二秒、間があってマンバは進むのをやめた。体をうしろに引いて胴体の前半分を宙に浮かせたと思ったら、その次の瞬間、襲いかかった。黒い影が一瞬ひらめき、かすかに鈍い音がした。そのときにはもうマンバはジャドスンの胸に食らいついていた。ジャドスンは悲鳴をあげた。長く甲高い悲鳴だった。その悲鳴は高くも低くもならずに一定の調子で続き、徐々に小さくなって聞こえなくなった。ジャドスンは立ち上がってシャツを引き裂き、噛まれた場所を手で探った。低い声ですすり泣き、うめき声をあげ、口を大きく開けて荒い息をしていた。そのあいだもずっと、老人は開いた窓のそばに黙って腰かけ、身を乗り出して、窓の下の男からいっときも眼を離さなかった。

らだ。ジャドスンは地面に体を投げ出し、背中をまるめて草の上を転げまわった。もはや声ひとつあげていなかった。物音ひとつたてていなかった。まるで怪力の男が眼には見えない巨人と格闘しているかのようだった。見えない巨人が彼の体をひねり、股のあいだに両腕を差し込み、膝を顎の下まで押し上げ、立たせないようにしているかのようだった。

ジャドスンは両手で草を引き抜きはじめた。それから仰向けになり、力なく脚をばたつかせた。が、それも長くは続かなかった。いきなり身をよじってまた背中を丸めたかと思うと、そのままくるりと向きを変え、腹這いになって右膝を胸の下まで引き上げ、両腕を頭の上に投げ出した。そのあとはもうぴくりとも動かなくなった。

老人はなおも窓のそばに坐っていた。すべてが終わったあともその場から動かず、身じろぎひとつしなかった。アカシアの木の陰で動くものがあった。マンバがゆっくりと牝牛のほうに向かっていた。少しだけ進んでは止まり、頭をもたげて様子をうかがい、また頭を下げてすべるように牝牛の腹の真下まで這い進んだ。それから体の前半分を浮かせ、茶色の乳首のひとつを口にふくむと、乳を飲みはじめた。老人は坐ったまま、マンバが牝牛の乳を飲むのを見ていた。マンバが乳房から乳を吸い、その体がゆるやかに脈打つのを眺めていた。このまえと同じように。

そして、マンバがまだ乳を飲んでいるあいだに立ち上がって窓から離れた。

「あいつの分なら飲んでもいいぞ」と老人は静かに言った。「あいつの分を飲んでもおれとあいつは気にしない」そう言いながら老人は振り返り、マンバの黒い体が曲線を描いて地面から持ち上がり、牝牛の腹にくっついているのをもう一度眺めた。

「ああ、そうとも」と老人はまた言った。「あいつの分を飲んでもおれたちはちっとも気にしない」

ちょろい任務
A Piece of Cake

あまりよく覚えていないのだ。少なくともそのまえのことは。あのことが起こるまでのことは。

エジプトのフーカには飛行機が離発着できるところがあり、そこのブレニム爆撃機の乗員たちは何かとよくしてくれた。燃料を補給してもらっているあいだ、紅茶をふるまったりもしてくれた。彼らが無口だったことは覚えている。紅茶を飲みに食堂のテントにはいってきて、ひとことも話さず黙って飲んでいたことも、飲みおえると、また何も言わずに立ち上がって出ていったことも覚えている。当時は戦局が思わしくなく、ひとりひとりがじっと耐えているのがわかった。交代要員が補充されることはなく、彼らは実に頻繁に出撃していた。

われわれは紅茶の礼を言い、自分たちの戦闘機、グラディエーターの給油がすんだかどうか見にいこうとテントを出た。風が吹いて、吹き流しが道標のように真横になびいていたのを覚えている。砂が脚のまわりに舞い上がり、その砂がテントにあたると、ばさばさという音をたてていた。風にテントがはためき、まるでキャンヴァスでできた人間が手を叩いているかのような音がしていたのも覚えている。

「爆撃隊のやつら、あまり幸せそうじゃないね」とピーターが言った。

「いや、幸せそうじゃないというのとはちがうよ」と私は言った。

「だったら、うんざりしてる」

「いや、まいっちまってるんだよ。ただそれだけのことさ。でも、戦いつづけてる。見てのとおり、戦いつづけようとしてる」

われわれの旧式の二機のグラディエーターは砂地に並んで駐機していた。カーキ色のシャツと半ズボン姿の整備兵たちがまだ忙しそうに給油を続けていた。私は薄手の綿の白い飛行服、ピーターは青い飛行服を着ていた。それ以上厚手のものを着て飛ぶ必要はなかった。

ピーターが言った。「距離はどれくらいだ？」

「チャリング・クロスから二十一マイル」と私は答えた。「道の右側だ」チャリング・

クロスというのは砂漠の道の分岐点で、そこから北に向かうとマルサ・メトルーフ（イギリス軍の防衛拠点があった都市）に行ける。イタリア軍がそのマルサの町の外にいて、善戦していた。私の知るかぎり、イタリア軍が善戦したのはおそらくこの一時期だけだろう。彼らの士気は感度のいい高度計のように上がり下がりするのだが、枢軸国の絶頂期のその頃は四万フィートぐらいにまで達していた。ピーターと私はあたりをぶらぶらして給油が終わるのを待った。

ピーターが言った。「ちょろい任務だ」

「ああ、むずかしいわけがない」

ピーターと別れ、私は操縦席に上がった。ベルトを締めるのを手伝ってくれた整備兵の顔は今でもしょっちゅう思い出す。歳は四十前後で、禿げ頭のいくぶん老けた感じの男だった。後頭部にわずかに金髪が残っていて、その髪はこざっぱりとしていた。顔は皺だらけで、私の祖母のような眼をしていた。二度と戻らないパイロットのベルトを締める手伝いをすることにこれまでの人生を捧げてきたように見えた。翼の上に立ち、ベルトを引っぱりながら男は言った。「気をつけて。不注意であることにはなんの意味もないんだから」

「ちょろい任務だよ」と私は言った。

「どこまでもね」

「ああ、ほんとに。なんてことはない。ちょろい任務だ」

そのあとのことはよく覚えていない。覚えているのはそれからだいぶ経ってからのことだ。フーカを飛び立ち、マルサをめざして西へ向かったのはまちがいない。飛行高度は八百フィートだったと思う。右手に海が見えたはずだ。海はたぶん——いや、これは確信がある——青くて美しかった。砂浜に波が打ち寄せ、東から西にかけて見渡すかぎり、砕けた波の太くて長い白い線がとりわけ美しかった。チャリング・クロスを越え、そこから二十一マイル先の目的地点をめざして飛んだはずだが、そこのところははっきりしない。わかっているのはそのときトラブルが起きたということだけだ。トラブルがこれでもかこれでもかというほど起きて、それがさらにひどくなり、われわれは方向転換して引き返した。それも覚えている。が、いくつものトラブルの中でも最悪だったのは、パラシュートで機から脱出できないほど私は低空を飛びすぎていたということで、その記憶が甦ってくるのはそこからだ。戦闘機の機首が急に下がったのを覚えている。その機首の先に地面が見えたのも。自生するラクダイバラの小さな茂みが見えたのも。ラクダイバラのそばの砂地に岩が点在していて、そのイバラと砂地と岩とが地面から勢いよく飛び出し、私のほうに迫ってきたのも。そのことは今でも鮮明に覚えている。

　そこでまた記憶の小さな空白ができる。それは一秒だったかもしれず、三十秒だったかもしれない。そこのところはよくわからない。が、とても短いあいだ、おそらく一秒ほどのことだったような気がする。その次の瞬間、右翼の燃料タンクに引火した鈍い音が右側から聞こえ、すぐに左側からも同じように左翼のタンクに引火した音が聞こえた。私にはそれが重大なこととは思えず、しばらく居心地よく坐っていた。ただ、いくらか眠かった。眼が見えなかったが、それも重大なこととは思わなかった。心配しなければならないようなことは何もなかった。何ひとつ。脚のあたりに熱さを感じるまでは。初めのうちはほんのりと暖かいだけで、それでなんの問題もなかった。それがいきなり熱さに変わった。両脚の側面を上へ下へ炙(あぶ)るような、激しく突き刺すような、そんな熱さに変わったのだ。

　その熱さが不快なものであることはわかった。が、わかったのはそれだけだった。その熱さが嫌で、両脚ともシートの下に引っ込めて待った。脳と体をつなぐ通信システムになんらかの支障が起き、きちんと機能していなかったのだろう。体が脳にすべてを伝えて指示を仰ぐのになぜか少し手間取っていた。それでも最後には、「ここはとんでもなく熱いです。私たちはどうしたらいいでしょう？　右脚と左脚より」というメッセージが脳に届けられはしたはずだ。しかし、長いあいだ応答はなかった。脳は脳で解決策を探していたのだろう。

やがてゆっくりと、一語一語、返事が電線を伝った。「この――飛行機は――燃えている。脱出――しろ――繰り返す――脱出――しろ――脱出――しろ」その指令が体の全組織に、両脚と両腕と胴体すべてに伝わると、筋肉が働きはじめ、全力を尽くしはじめた。ちょっと押したり、ちょっと引いたりしはじめた。目一杯身をこわばらせて。しかし、なんの甲斐もなく、そこでまた新たなメッセージが脳へのぼった。「脱出できません。何かに押さえ込まれています」これに対する返答が戻るにはさらに長い時間を要した。私はじっと坐ったまま返事が来るのを待った。そのあいだにもずっと熱さは激しさを増していた。何かが私を押さえつけており、それがなんなのか探るのは脳の役目だった。私の肩を押しつけているのは巨人の手だろうか？　重い石？　家？　ロードローラー？　ファイルキャビネット？　重力？　あるいはロープ？　ちょっと待て。ロープ、ロープ。返事が届きはじめた。おそろしくゆっくりとやってきた。「おまえの――シートベルト。はずせ――おまえの――シートベルト」返事を受け取ると、両腕が働きはじめ、シートベルトを引っぱった。が、どうしてもはずれない。腕は何度も同じ動作を繰り返した。力にはいささか欠けたが、できるかぎり強く。それでもどうにもならなかった。メッセージが送り返された。「ベルトはどうやればはずれますか？」

　このときはただ坐ったまま三分か四分は待ったように思う。慌てたり苛立ったりしてもなんの意味もない。そのことについてだけは確信があった。とはいえ、なんと時間のかかったことか。思わず声が出た。「冗談じゃない！　このままでは丸焼けになる。このままでは……」その声は途中でさえぎられた。答が送られてきたのだ――いや、そうではなかった。いや、やはりそうだ。答がゆっくりと送られてきた。「引き抜け――緊急脱出用の――ピンを――このまぬけ――早く」

　ピンが抜けて、シートベルトがはずれた。さあ、脱出するぞ。脱出だ、脱出だ。が、できなかった。体を操縦席から浮かせることもできなかった。両腕と両脚は最善を尽くしていたが、どうにもならなかった。必死のメッセージが最後に上に向かって送られた。それには〝緊急〟のマークがついていた。

「何か別のものに押さえられている」メッセージはそう言っていた。「何か別のもの、何か別のもの、何か重いもの」

　腕と脚はまだ戦おうとはしていなかった。力を使い果たすことには意味がないと、本能的にわかるのだろう。腕も脚も静かにして答を待っていた。しかし、まあ、なんと時間のかかることか。文字どおり火急の二十秒、三十秒、四十秒が過ぎた。白熱の熱さというわけではなかった。皮膚が灸られることもなく、肉が焼けるにおいもしなかったが、今やいつそうなってもおかしくなかった。というのも、旧式のグラディエーターはハリケーンやスピットファイアとちがい、強化鋼ではできていないからだ。翼は羽布張りで、きわめて可燃性の高いドープ塗料が塗られ、その下には何百もの小さくて細い木の棒が組まれている。火を熾すときに薪の下に差し込むような棒だ。しかもグラディエーターに使われている木のほうがより乾燥していて細い。賢い男が「何か大きなものを造ってみせるよ。世界じゅうの何より勢いよく、あっというまに燃える大きなものを」と言って、真面目にその仕事に取りかかったら、できあがるのはたぶんグラディエーターのようなものだろう。私はじっと待った。

すると突然、返事があった。見事なまでに短い答だったが、同時にすべて説明がついた。「おまえの――パラシュート――バックルを――まわせ」

私はバックルをまわし、パラシュートの装帯をはずすと、苦労してどうにか体を持ち上げ、操縦席から転げ出た。何かが燃えているようだったので、砂の上をしばらく転がった。それから這って火から離れ、体を横たえた。

グラディエーターの機関銃の弾薬が熱で暴発するような音がして、銃弾が何発かすぐそばの砂地に突き刺さった。あまり気にはならなかったので、ただその音を聞いていた。あちこちが痛みはじめた。いちばん痛かったのは顔だ。何かがおかしかった。顔に何か起きたようだった。片手をゆっくり上げて触ると、どろりとしていた。鼻がないように思われた。歯にも触ってみた。歯についてはどういう結論を出したのかは思い出せない。そのあとたぶん眠ってしまったのだろう。

不意にピーターが現われた。彼の声が聞こえた。彼は跳ねまわり、気が触れたように叫び、私の手を握って振りまわしながら言った。「なんとなんと、機内に閉じ込められてしまってるとばかり思ってたよ。おれは半マイル先に降りて、大急ぎでここまで走ってきたんだ。大丈夫か？」

私は言った。「ピーター、おれの鼻はどうなってる？」

暗闇の中で彼がマッチをする音がした。砂漠ではあっというまに夜になる。少し間があった。

「あんまり残ってないみたいだな、正直なところ」と彼は言った。「痛いか？」

「馬鹿なことを言うなよ。痛いに決まってるじゃないか」

ピーターは自分の飛行機の救急袋からモルヒネを取ってくると言って立ち去ったが、すぐに戻ってきた。暗闇の中では飛行機そのものが見つけられなかったということだった。

「ピーター、何も見えない」

「夜だからな」とピーターは答えた。「おれだって何も見えない」

今度は寒くなってきた。肌を刺すほどの寒さだった。互いに少しでも寒さが防げるよう、ピーターはぴったりくっついて横になってくれ、何度かこんなことを言った。「鼻のない男に会うのは初めてだな」私は何度も大量の血を吐き、そのたびにピーターはマッチをすった。一度タバコをくれたが、血ですぐに濡れてしまった。どのみち私は吸いたくなかった。

ふたりでどれくらいそこにいたのかはわからない。それ以外に覚えていることはすごくかぎられている。ただ、ポケットにのど飴の缶があるから、ひとつ口に入れるようにピーターに言いつづけていたことだけは覚えている。そうしないと、咽喉の痛いのが彼にうつると思ったのだ。自分たちはどこにいるのかと訊くと、ピーターが「敵と味方のあいだだ」と答えたのも覚えている。さらにイギリス人の声が聞こえてきたことも。それはイギリスの偵察隊で、イタリア軍かと訊いてきた。それにはピーターが答えた。なんと言ったのかは覚えていない。

そのあとのことで覚えているのは、熱くてとろりとしたスープを飲んで、スプーン一杯で気持ちが悪くなったことだ。それでも気分はよかった。ピーターがそばにいてくれたからだ。彼はすばらしかった。あれこれすばらしいことをしてくれた。決して私のそばを離れなかった。それだけは覚えている。

　男たちが飛行機の脇に立ってせっせと絵を描きながら、暑さのことを話していた。

「飛行機に絵を描いてるのか」と私は言った。

「そうだ」とピーターは言った。「いい考えだよ。実に巧妙だ」

「どうして？」と私は尋ねた。「教えてくれ」

「可笑しな絵だからね。これを見たら、ドイツ軍のパイロットはみんな笑うよ。笑いすぎて体が震えて、ちゃんと撃てなくなる」

「なんて馬鹿げたことを。くだらないよ、くだらない」

「いや、いい考えだよ。悪くない。なあ、見てみよう」

　われわれは飛行機が一列に並べられているほうへ走った。「ホップ、スキップ、ジャンプ」とピーターは言った。「ホップ、スキップ、ジャンプ、さあ、一緒に」

「ホップ、スキップ、ジャンプ」と私も言った。「ホップ、スキップ、ジャンプ」そうやってダンスした。

　一番手前の飛行機に絵を描いていた男は麦わら帽をかぶり、悲しげな顔をしていた。雑誌に載っている絵を真似て描いていた。ピーターがそれを見て言った。「おい、ちょっと、あの絵を見ろよ」そう言って笑いはじめた。最初は低い声だったのが、たちまち腹の底からの大笑いになった。それと一緒に両手で膝を叩き、口を大きく開け、眼をつぶり、腹を抱えて笑いつづけた。彼のシルクハットが頭からすべり、砂の上に落ちた。

「別に可笑しくないよ」と私は言った。

「可笑しくない！」彼は叫んだ。「どういう意味だよ、〝可笑しくない〟って？　おれを見ろよ。笑ってるこのおれを。こんなに笑ってたら、何にもあたりゃしない。干し草を運ぶ荷車だって、家だって、シラミ一匹だって」そう言って咽喉を鳴らし、体を震わせ、笑いながら砂の上を跳ねまわった。それから私の腕を取ると、私にもダンスをさせた。またダンスをしながら、われわれは次の飛行機へ向かった。「ホップ、スキップ、ジャンプ。ホップ、スキップ、ジャンプ」

皺だらけの顔をした小柄な男が、赤いクレヨンで胴体部分に長い文を書いていた。麦わら帽を頭の右側のうしろにずらしていた。顔が汗で光っていた。

「おはよう」と男は言った。「おはよう、おはよう」そう言って、とても優雅に頭から麦わら帽を取った。

「静かにしててくれ」ピーターはそう言うと、腰を屈めて、小男が書いていた物語を読みはじめた。そのあいだもたえずくつくつげらげら笑っていたが、読み進むうちに次々と新たな笑いが込み上げてくるようだった。体を左右に揺らし、両手で膝をぴしゃぴしゃと叩きながら、上体を折り曲げ、砂の上で踊りまわった。「ああ、なんて話だ、なんて可笑しいんだ、可笑しくてたまらない。おれを見ろよ。おれが笑ってるのを見ろったら」そう言うと、爪先でぴょんぴょん跳ね、頭をめちゃくちゃに振り、気が触れたかのようにひいひいと大笑いした。そこで突然、その話のオチがわかり、私もピーターと一緒になって笑いはじめた。笑いすぎて腹がよじれ、砂の上にひっくり返って転げまわり、腹を抱えて笑いに笑った。どうにもこうにも可笑しくて、ほかにどうすることもできなかった。

「ピーター、おまえって最高だよ」と私は叫んだ。「でも、ドイツ軍のパイロットのやつらに英語が読めるかな？」

「しまった」と彼は言った。「こいつはまずいぞ、やめろ」そう叫ぶと、さらに声を張り上げた。「作業をやめろ！」絵描きたちはいっせいに手を止め、ゆっくりと振り向いてピーターを見た。そして、爪先立って小さく飛び跳ねながら、声をそろえて唱えはじめた。「どの翼にも役に立たないゴミばかり――ゴミばかり、ゴミばかり」

「黙れ」とピーターが怒鳴った。「困ったことになったぞ。ここはひとまず落ち着かないと。おれのシルクハットはどこだ？」

「なんだって？」と私は訊き返した。

「おまえはドイツ語ができるよな」とピーターは言った。「翻訳してくれ。おい、こいつが翻訳してくれるぞ」彼は絵描きたちに向かって叫んだ。「こいつがドイツ語に翻訳してくれる」

そのとき、砂の上にピーターの黒いシルクハットが落ちているのが見えた。いったん眼をそらしてから振り返ってもまた見えた。それはシルクのオペラハットで、砂地に横向きに転がっていた。

「おまえはいかれてる」と私は叫んだ。「とんでもなくいかれてる。自分のしてることがわかってないんだ。おれたちみんなを殺す気か。すっかり頭のネジがゆるんじまってる。わかってるのか？　とことんどうかしちまってる。このいかれ野郎」

「まあ、なんて大きな声なんでしょう。そんなに騒ぐと、体に障りますよ」これは女の声だった。「こんなに体が熱くなっちゃって」とその声は言った。それから誰かが私の額をハンカチで拭ったのが感じられた。「興奮しちゃいけません」

声が消えると、眼のまえに空だけが広がっていた。淡いブルーの空だった。雲ひとつない空いっぱいに、ドイツの戦闘機がいた。上にも、下にも、ありとあらゆるところにいて、私はすっかり囲まれていた。退路は断たれ、打てる手は何もない。やつらは交代で接近しては襲ってきて、機体を傾けたり、宙返りしたり、空中で乱舞したり、まるででたらめに機を操っていた。が、怖くはなかった。私のグラディエーターの翼には、可笑しな絵が描かれていたから。そのことに力を得て思った。「ひとりで百機相手にして、一機残らず撃ち落としてやる。やつらが笑ってるあいだに撃ってやるんだ。やってやる」

敵機が近づいてきた。空全体にドイツの戦闘機がひしめいていた。あまりにも数が多くて、どれを警戒して、どれを撃ったらいいのかわからない。空はまるで黒いカーテンが降りたようで、青い部分はもうところどころにわずかに見えるだけだったが、それでもオランダの水兵の穿くズボンの継ぎあてができるほどはあり、それだけあれば充分だった。それくらいの青空があれば、万事うまくいくはずだった（その昔、オランダの水兵の青いズボンは大きなことで知られており、そのズボンに継ぎはぎができるほどの晴れ間が二個所あれば、天候がよくなるという言い伝えがある）。

やつらはなおも近づいてきた。眼のまえにぐんぐん迫ってきて、もう見えるのは黒十字（バルケンクロイツ）だけになった。その十字の形がメッサーシュミットの機体の色と空の青を背景にくっきりと浮かび上がった。首をすばやく左右にめぐらすと、戦闘機と黒十字がどんどん増えて、とうとう空の青と黒十字の腕木（アーム）しか見えなくなった。腕木には手があり、腕木はその手をつなぎ合い、私のグラディエーターを取り囲んで、輪になって踊りだした。無数のメッサーシュミットのエンジンがよく響く低音で愉しげに歌いはじめた。『オレンジとレモン』の遊び（マザーグースの『オレンジとレモン』に合わせて、ふたりが手をつないでアーチをつくり、ほかの者にその下をくぐらせる遊び）に興じているのだった。それがわかったのは、踊りの輪から時折二機が中央に飛び出しては撃ってきたからだ。やつらは機体を傾けて向きを変えては爪先立って踊り、空中でまず一方にもたれるようにして、次にもう一方にもたれるようにしていた。「オレンジとレモン、とセント・クレメントの鐘が鳴る」とエンジンが歌っていた。

それでもまだ私には自信があった。私は彼らよりうまく踊れるし、こっちにはもっといいパートナーがいるからだ。彼女の美しさは世界一だ。私は眼を落として、彼女の首の曲線と、淡い色の肩のなだらかな傾斜、そしてのびのびと広げられている、ほっそりした両腕を眺めた。

そこでいきなり右翼に弾丸（たま）の穴がいくつかあいているのが見えた。私は怒りと恐怖を同時に覚えた。そのほとんどが怒りだった。だから自信を取り戻して、私は言った。

「こんなことをしやがったドイツ人はよくよくユーモアのセンスがないやつだ。部隊には必ずひとりはそういうやつがいるもんだが、心配は要らない。心配なんて全然要らない」

そこでさらに弾丸（たま）の痕が見えた。私は怖くなって、操縦席の風防（キャノピー）をうしろにスライドさせ、立ち上がって叫んだ。「おい、まぬけども、この可笑しな絵を見ろって。尾翼に描かれている絵を見ろって。胴体に書かれてる物語を読めって。頼むから胴体に書かれている物語を読んでくれ」

しかし、やつらは攻撃をやめなかった。二機ずつ輪の中央に飛び出しては、こっちに向かって撃ってきた。メッサーシュミットのエンジンが高らかに歌っていた。「いつ金を払ってくれるのさ、とオールドベイリーの鐘が鳴る（『オレンジとレモン』の一節）」エンジンはそう歌っていた。エンジンが歌うと、その歌声のリズムに合わせて黒十字が踊って、揺れた。翼に、エンジンカヴァーに、操縦席に、さらに穴があいた。

突然、私の体にも穴があいた。

といっても、痛みはなかった。機体が錐揉みしながら落ちていっても、翼がくるくると回転しながら、その回転速度をどんどん上げていっても、青い空と黒い海がぐるぐるまわって互いを追いかけた挙句、まわっている私の眼に映っているのは、もはや空でも海でもなく、太陽のきらめきだけになっても、私は痛みを感じなかった。黒十字はまだ手をつないで踊りながら、落ちていく私を追いかけてきた。エンジンの歌声もまだ聞こえていた。「さあ、ろうそくだ。おまえをベッドに連れていくぞ。さあ、鉞（まさかり）だ。おまえの首をちょん切るぞ（『オレンジとレモン』の一節）」とエンジンは歌っていた。

翼はまだくるくると回転しており、気づくと私のまわりには空も海もなく、太陽だけになっていた。

すると今度は海だけになった。下に見えた。それに何頭もの白い馬も見えた。私はつぶやいた。「あれは荒海を駆ける白い馬だ」その白い馬(ホワイトホース)と海ということばのおかげで、私には自分の脳がちゃんと機能していることがわかった（英語には荒れた海に立つ白波を白い馬（ホワイトホース）に喩える言いまわしがある）。もうあまり時間がないことはわかっていた。海と白い馬が迫ってきていた。白い馬はどんどん大きくなり、海も一枚の平坦な板ではなく、海らしく、水らしく見えるようになってきた。白い馬が一頭だけになった。その馬は、はみを噛みしめ、一心不乱に駆けていた。口から泡を吹き、蹄(ひづめ)で波を蹴散らし、首を湾曲させて。乗り手もなく、制御不能な状態で、海の上を必死で疾走していた。このままでは馬とぶつかってしまうのは明らかだった。

そこであたりが暖かくなった。黒十字もなくなり、空も消えた。暑くもなく寒くもなくただ暖かかった。私はヴェルヴェット地の大きな赤い椅子に坐っていた。夕方だった。背後から風が吹いていた。

「ここはどこだ？」と私は尋ねた。

「きみは行方不明になったんだ。行方不明になり、死んだと思われている」

「だったら母に知らせないと」

「それはできない。きみにはあの電話は使えないんだ」

「なぜ？」

「あれは神にだけ通じる電話だから」

「おれはどうなったって？」

「行方不明。死んだと思われている」

「でも、それは事実じゃない。嘘だ。なんともばかばかしい嘘だ。だっておれはここにいて、行方不明になんかなってないんだから。おれを驚かそうとしてるんだろうが、そうはいかないぞ。いいか、おれを脅そうったって無駄だ。なぜならおれにはそれが嘘だってわかってるからだ。おれは隊に戻るつもりだ。おれを止めることなんてできないぞ。おれはただここを出ていけばいいんだから。おれはここを出ていく。ほらね、こうやって」

　私は赤い椅子から立ち上がり、走りだした。

「もう一度例のレントゲン写真を見せてくれないか？」

「こちらです、先生」またあの女の声が聞こえた。今度はすぐ近くから聞こえた。「今夜はずいぶんうなされてましたね？　枕の位置を直しましょう。床に落ちそうになってますよ」声はすぐそばで聞こえた。やさしくて、心地いい声だった。

「おれは行方不明なのか？」

「いいえ、もちろんちがいます。あなたは大丈夫です」

「でも、やつらはおれが行方不明になってるって言ってる」

「馬鹿なことを言わないで。あなたは大丈夫ですって」

まったく。どいつもこいつも馬鹿、馬鹿、馬鹿だ。それでも天気はすばらしかった。

走りたくなどなかったのだが、どうしても脚が止まらず、私は草地を駆けていた。どうにも止まらなかった。脚が勝手に私を運んでいて、言うことを聞いてくれないのだ。まるで自分の脚ではないような気さえしたが、足元を見ると、やはりそれは私の脚だった。履いている靴も自分のもので、どちらの脚も私の体につながっていた。ところが、その脚がこちらの望むように動いてくれないのだ。ひたすら草地を駆けていくばかりで、私は脚についていくしかなく、走りに走った。草地がところどころ荒れていて、でこぼこしていても、転ぶことはなかった。木々や生け垣のまえも駆けた。途中で出くわした羊たちは、私がまえを走り過ぎると、草を食むのをやめて一目散に逃げだした。母の姿も一度見かけた。薄いグレーの服を着た母は腰を屈めてキノコを採っていた。私が通りかかると顔を起こし、「あたしの籠はほとんど満杯だよ。そろそろ家に帰ろうかね？」と言った。それでも脚は止まってくれなかった。私は走りつづけるしかなかった。

　やがて前方に断崖が現われた。崖の先は真っ暗だった。その大きな断崖の向こうには暗闇しかなかった。私が走っている草地では陽が照っているというのに。陽の光は断崖の端のところでぷつりととだえ、その先には暗闇だけが広がっていた。「きっとあそこから夜が始まるんだ」そう思って、改めて止まろうとしたが、やはり駄目だった。むしろ脚は断崖へ向から足取りを速め、歩幅も広げてきた。私は片手を下に伸ばし、ズボンの生地をつかんで止めようとしたが、それもうまくいかなかった。次に倒れようとしてみたが、脚の動きはすばやく、何度体を投げ出してみても、そのたびに爪先がさきに着地し、結局、そのまま走りつづけるだけだった。

　いよいよ断崖と闇が迫ってきた。すぐに止まらなければ、まちがいなく断崖のへりを越えることになる。もう一度地面に体を投げ出そうとしたが、今度も爪先がさきに着地し、脚は止まってくれなかった。

　断崖のへりまで来たときにはかなりの速度が出ており、私はそのままへりを越え、闇の中へと落ちていった。

　初めのうちはまったくの闇ではなく、切り立った断崖の側面から小さな木が生えているのが見えた。落ちながらも両手でその木をつかもうとしたら、何度か枝をつかむにはつかめたものの、枝のほうがあっさり折れてしまった。私の体があまりにも重く、あまりにも速く落ちていたからだ。一度太い枝をなんとか両手でつかむことができたのだが、木全体がしなり、根っこが音を立てて一本ずつちぎれると、ついには木そのものが崖の表面から抜け落ち、私はまた落ちた。そのうち闇が濃くなってきた。太陽も、崖のてっぺんに昼間降り注いでいた陽光もはるか彼方に遠ざかってしまったせいだ。落ちているあいだも眼を開けていると、闇はグレーに近い黒から普通の黒へ、普通の黒から漆黒へと変わり、しまいには漆黒から手に触れることはできても眼には見えない、純粋な流動体のような黒になった。それでもなお落下しつづけた。あまりに暗い闇で、どちらを向いても何もなかった。そんな闇の中にいては、そんなふうに落ちつづけていては、何をしても、何を気にしても、何を考えても無駄だった。まったく無駄だった。

「今朝は具合がよさそうですね。ずっとよくなったわ」またあの女の声がした。

「やあ」

「おはようございます。わたしたち、あなたは意識が戻らないんじゃないかって心配してたんですよ」

「ここは？」

「アレキサンドリア。病院です」

「いつからここに?」

「四日前から」

「今、何時?」

「朝の七時」

「なんで眼が見えないんだろう?」

看護婦が少し近づいてきた音がした。

「ああ、それはしばらくのあいだは眼に包帯を巻くことになったからです」

「しばらくって?」

「ほんの少しのあいだ。心配することはありません。もう大丈夫ですから。あなたはとっても運がよかったんです」

私は指で顔の表面をなぞったが、顔の感触ではなかった。触れたのは何か別のものだった。

「顔はどうなった?」

看護婦が枕元に近づく足音が聞こえ、やがてその手が肩に触れた。

「おしゃべりはもうこれくらいにしましょう。話をしてもいいという許可はまだおりてないんです。体に差し障りがあるということで。あれこれ心配しないで、ゆっくり休んでくださいね。どこも悪くないんですから」

足音が床に響き、看護婦はベッドから離れていった。看護婦がドアを開けて閉める音がした。

「きみ」私は声をかけた。「ねえ、きみ」

看護婦はもういなかった。

マダム・ロゼット
Madame Rosette

「ああ、たまらんね、最高だ」とスタッグは言った。

彼は片手にスコッチのソーダ割り、もう一方の手には煙草を持ってバスタブに寝そべり、湯に浸かっていた。湯をバスタブのふちぎりぎりまで張って、足の指で蛇口をひねっては、湯がぬるくならないように調節していた。

頭を起こして、ウィスキーを一口飲むと、また寝そべって眼を閉じた。

「頼むから、もう出てくれよ」バスルームの外から声がした。「なあ、スタッグ、もう一時間以上経ってる」スタッフィは素っ裸でベッドの端に腰かけ、ウィスキーをだらだらと飲みながらスタッグの入浴が終わるのを待っていた。

「わかったよ。今、湯を抜く」そう答えると、スタッグはバスタブの栓を足の指で引き抜いた。

スタッフィは立ち上がると、グラスを片手にバスルームにはいった。スタッグはバスタブの中に寝そべり、さらに少し入浴を愉しんでから、落ちないように気をつけてグラスを石鹼入れの上に置くと、立ち上がってタオルに手を伸ばした。ごつい体つきで、脚もがっしりと太く、ふくらはぎの筋肉が不自然なほど盛り上がっている。髪はごわごわした赤い巻き毛で、顔は面長で、やや顎がとがり、そばかすだらけで、胸は淡い赤毛に被われている。それがスタッグだ。

「なんてこった」バスタブの底を見て、スタッグは言った。「砂漠の砂を半分持ってきちまったみたいだ」

スタッフィが言った。「砂を洗い流してから代わってくれよな。なにしろ五カ月ぶりの風呂なんだからね」

これは第二次大戦初期にリビアでイタリア軍と戦っていた頃の話だ。当時はパイロットの数が足りず、みんな重労働をこなしていた。本国はバトル・オヴ・ブリテンの真っ只中で、イギリス本土から人員を割く余裕などまるでなかったからだ。そのためパイロットは一度派遣されると、長期間にわたって砂漠にとどまり、普通では考えられないような異常な生活を送ることを余儀なくされたのである。来る日も来る日も汚れた小さなテントで寝起きし、毎朝、歯磨きをして口をゆすいだ水で顔を洗ってひげを剃る生活だ。紅茶を飲むときも食事をするときも、いつもハエをつまみ出す生活。テントの中にいようと外にいようと砂嵐に襲われるせいで、おとなしい男でさえ血の気が多くなり、仲間にも自分自身にも癇癪（かんしゃく）を起こすようになる生活。赤痢や下痢、乳様突起炎（耳のうしろにある突起が腫れて痛む、中耳炎の一種）、砂漠潰瘍（砂漠地帯特有の皮膚炎）を患う生活。イタリア軍の爆撃機サヴォイヤ・マルケッティ79に爆撃される生活。水にも女にも不自由する生活。花などどこにも咲かず、どっちを向いても砂、砂、砂という生活。イギリス軍の旧式の戦闘機グロスター・グラディエーターで飛び、イタリア軍の戦闘機フィアットCR42と戦っているとき以外は何をしていいのかわからない。そんな生活だ。

時々、サソリを捕まえてきては燃料の空き缶に入れ、生きるか死ぬかの戦いをさせたりもしていたが。わが飛行中隊には常にサソリ版ジョー・ルイスとでもいうべき全勝を誇る無敵のチャンピオンがいた。王座に就いたサソリには名前がつけられ、その名はみんなに知られるものの、強くするために与えるサソリの餌は飼い主だけの大切な秘密だった。トレーニングには餌が大事と考えられていたからだ。その秘密の餌は、コンビーフだったり、〝マコナキーズ〟という肉と野菜の不味（まず）いシチューの缶詰だったり、生きた甲虫だったりした。気分がよくなって自信もつくからということで、試合の直前にビールを舐めさせられるサソリもいたが、そういうサソリは必ず負けた。それでも、大試合もあれば、大チャンピオンも輩出して、任務を終えた午後の砂漠では、パイロットと整備兵がまるくなり、みんな手を膝について屈み込み、サソリの試合に見入る姿が見られた。サソリを煽り、檄を飛ばすそのさまは、リング上のボクサーやレスラーに向かって大声を浴びせる観客そのものだった。そのうち決着がつくと、勝ったサソリの飼い主は狂喜乱舞した。歓喜の雄叫びをあげ、両手を振りまわして砂の上を踊りまわり、勝者となった自分のサソリがいかにすばらしいかを大声でまくし立てた。が、歴代最強だったのは、ウィッシュフルという軍曹がマーマレードだけを与えて育てたサソリだった。そのサソリには口に出すのもはばかられるような名前がつけられていたが、四十二連勝し、トレーニング中に静かに息を引き取った。ウィッシュフルが引退させて種つけをさせようかと考えていた矢先に。

きっとわかってもらえると思うが、愉しいことが何もない砂漠で暮らしていると、些細なことが大きな喜びになり、子供の遊びが大の大人の愉しみに変わるものだが、それは誰にでもあてはまった。パイロットにも、整備係にも、料理番の伍長にも、装備係にも。スタッグとスタッフィにも。だから、四十八時間の外出許可とカイロ行きの飛行機にありついてカイロのホテルに着いたふたりは、まるでハネムーンの初夜を過ごしているカップルのような気分で入浴を愉しんでいたのである。

スタッグは体を拭くと、タオルを腰に巻いて両手を頭のうしろで組んでベッドに寝そべった。スタッフィのほうはバスタブに横になり、頭をバスタブのへりにのせ、いかにも気持ちよさそうにうなったり吐息をついたりしていた。

スタッグが言った。「スタッフィ」

「なんだい？」

「これからどうする？」

「女だ」とスタッフィは言った。「夕食に連れ出す女を見つけなくちゃ」

スタッグは言った。「それはあとだ。女は待っててくれるさ」まだ午後の早い時間だった。

「おれは待てそうにないんだけど」とスタッフィは言った。

「いや」とスタッグは言った。「待てるって」

スタッグは年長で賢く、万事において慎重だった。歳は二十七だが、中隊では隊長も含めてほかの誰よりはるかに大人で、彼の判断はみんなから一目も二目も置かれていた。

「まずはちょっと買いものをしよう」と彼は言った。

「それから？」とスタッフィは浴室から訊いた。

「それはそのとき考えればいい」

間(ま)ができた。

「スタッグ？」

「なんだ？」

「ここに知ってる女はいないのか？」

「昔はいた。とても白い肌をしたウェンカというトルコの女に、おれより六インチ背が高かったキキというユーゴスラヴィアの女、もうひとり、名前は思い出せないが、たぶんシリア人の女もいたな」

「その女たちに電話しなよ」とスタッフィは言った。

「もうしたよ。おまえがウィスキーを調達してるあいだに。みんないなくなってた。残念ながら」

「まったくだ」とスタッフィは言った。

スタッグは言った。「まず買いものに行こう。時間はたっぷりある」

一時間後にはスタッフィも風呂から上がり、ともにカーキ色の清潔な半ズボンとシャツを身につけた。そして、階下(した)に降りると、ホテルのロビーを抜け、明るくて暑い通りに出た。スタッグはサングラスをかけた。

スタッフィが言った。「何を買えばいいかわかった。おれもサングラスが欲しい」

「わかった。じゃあ、サングラスだ」

ふたりは辻馬車を停めて乗り込むと、御者にシクレルの店に行くように言った。店に着くと、スタッフィはサングラス、スタッグはポーカー・ダイスを何セットか買った。

そうして店を出ると、そのあとは暑くて混雑した通りを歩きはじめた。

「あの女を見たか？」とスタッフィが言った。

「おれたちにサングラスを売った女か？」

「そうだ。あの髪の黒い女」

「たぶんトルコ人だな」とスタッグは言った。

スタッフィは言った。「何人だろうとかまわない。すごくいかしてた。あんたもそう思わなかったか？」

ふたりは両手をポケットに入れ、シャリア・カスル・エル・ニール通りを歩いていた。スタッフィも買ったばかりのサングラスをかけていた。午後の通りは暑くて埃っぽく、歩道はエジプト人、アラブ人、裸足の子供たちのまさに雑踏だった。ハエが裸足の子供たちを追いかけ、うるさく飛びまわって、炎症を起こしている子供の眼にとまろうとしていた。その炎症は子供が大きくなって兵隊に取られたりしないよう、まだ幼い頃に、母親が子供の眼に何か恐ろしいことを施すせいだった。子供たちは甲高くせがむような声で「おめぐみを（バクシーシ）、おめぐみを（バクシーシ）」と叫びながら、スタッグとスタッフィにまとわりついてきた。ハエもそのあとからついてきた。あたりにはカイロのにおいが漂っていた。ほかのどんな市（まち）とも異なるにおいだ。それはひとつのものから、あるいはひとつの場所からにおってくるのではない。側溝や歩道、家や店、店の商品や調理された料理、馬や通りに落ちている馬糞、下水溝、あらゆるところに存在するあらゆるものからにおってくるのだ。だから人々も、人々に照りつける陽射しも、側溝や下水溝や家や料理や通りのゴミに照りつける陽射しも、みんな同じにおいがした。めったに嗅げない刺激的なにおいだ。甘いような、腐りかけているような、ひりひりするような、塩辛いような、苦いような、そういうにおいを一緒くたにしたにおいで、片時も消えることがない。涼しい早朝でさえ。

ふたりのパイロットは雑踏の中をゆっくりと歩いた。

「いかした女だと思わなかったか？」とスタッフィは繰り返した。スタッグがどう思ったのか知りたかった。

「悪くはなかった」

「そんなこと、言うまでもないよ。で、そのことなんだけど、スタッグ？」

「なんだ」

「今夜あの娘を連れ出したい」

ふたりは通りを渡って、さらに歩いた。

スタッグは言った。「だったら、そうすりゃいい。まずはロゼットに電話するんだな」

「ロゼットって誰だ？」

「マダム・ロゼット」とスタッグは言った。「すごい女だ」

ふたりは〈ティムズ・バー〉という酒場のまえを通りかかった。その酒場を経営しているのは、ティム・ギルフィランというイギリス人で、第一次世界大戦では補給担当の軍曹をしていた男だった。それがどういうわけか軍が引き揚げたあともカイロに残ったのだ。

「ティムの店だ」とスタッグが言った。「寄っていこう」

店内にはカウンターの中の棚に酒壜を並べているティム以外、誰もいなかった。

「これは、これは、これは」そのティムが振り返って言った。「久しぶりだね。どこにいたんだね？」

「やあ、ティム」

ティムはふたりのことなど覚えていなかった。が、ふたりが砂漠に駐留していることは一目瞭然だった。

「懐かしきわが友グラツィアーニ（イタリア軍の総司令官）はどうしてる？」とティムはカウンターに肘をついて尋ねた。

「めちゃくちゃ近くにいるよ」スタッグは答えた。「マルサ・メトルーフのすぐ近くに」

「今は何を飛ばしてるんだ？」

「グラディエーターだ」

「おいおい、あれはここじゃ八年前から飛んでたぜ」

「まだ同じやつに乗ってるんだよ」とスタッグは言った。「スクラップ同然のやつにね」

ふたりはウィスキーを注文し、グラスを持って隅の席に着いた。

スタッフィが言った。「そのロゼットって誰だ？」

スタッグは酒を一気に咽喉に流し込むと、グラスを置いて言った。

「とにかくすごい女だ」

「何者なんだ？」

「実に汚らわしいユダヤ系シリア人の婆だ」

「へえ」とスタッフィは言った。「なるほどな。でも、その女がなんなんだ？」

「まあ」とスタッグは言った。「話してやろう。マダム・ロゼットは世界一でかい娼館を経営してる。だから、カイロで欲しい女がいたら、どんな女でも調達してくれるって言われてる」

「嘘だろ」

「ほんとうさ。ちょっと電話して、その女を見たのはどこか、どこで働いているのか、どの店のどのカウンターか伝えて、特徴も詳しく説明すればあとは全部やってくれる」

「そんな馬鹿な話があるわけないだろ」とスタッフィは言った。

「嘘じゃない。誓ってほんとうだ。第三十三中隊のやつに教えてもらったんだ」

「あんた、かつがれたんだよ」

「だったら、電話帳で彼女の名前を探せばいい」

「電話帳にその名前を載せてるわけがないだろうが」

「それが載せてるんだな」とスタッグは言った。「いいからロゼットで調べてみろよ。嘘じゃないことがわかるから」

　スタッフィはスタッグの言うことを信じはしなかったものの、それでもティムのところへ行くと、電話帳を借りてテーブルに戻ってきた。そして、電話帳を開き、「R—o—s」のところまでページをめくって、その列を指でたどった。ロゼッピ……ロザリー……ロゼット……あった、ロゼット、マダム。住所と電話番号がはっきりと記載されていた。スタッフィをじっと見ていたスタッグが言った。

「あっただろ？」

「ああ、載ってる。マダム・ロゼットで」

「なら、電話してみたらどうだ？」

「なんて言えばいい？」

スタッグは自分のグラスをのぞき込むと、氷を指でつつきながら言った。

「陸軍大佐だって言うんだ。ヒギンズ大佐だって。空軍の将校は彼女に信用されてないから。陸軍大佐だって名乗って、シクレルの店でサングラスを売ってる黒い髪のきれいな女を見かけたんだが、その女を——おまえの言い方に従えば——夕食に誘いたいんだって言えばいい」

「ここには電話がないよ」

「いや、あるよ。あそこにある」

スタッフィはまわりを見まわした。酒場の奥の壁に取り付けられていた。

「一ピアストル（エジプトの通貨単位）硬貨がひとつもない」

「おれが持ってる」とスタッグは言うと、ポケットの中を探り、テーブルの上に硬貨を一枚置いた。

「おれがしゃべることが全部ティムにも聞こえてしまう」

「それがどうした？　ティムだって彼女に電話してるだろうよ。おまえって文句の多いやつだな」とスタッグは言った。

「あんたこそうるさいんだよ」

　スタッフィはまだほんの子供だった。十九歳で、スタッグよりまるまる七つ年下だった。かなりの長身で、豊かな黒髪に大きな口、砂漠の太陽でコーヒー色に日焼けしたハンサムな男だった。そして、まぎれもなく中隊で一番優秀なパイロットだった。戦争初期のその時点ですでに十四機のイタリア軍機を撃ち落としていることが確認されていた。

一方、地上では疲労困憊した者のように動作が緩慢なら、寝惚けた子供のように頭の回転も緩慢だった。それがひとたび空に上がると、頭の回転も動作も鋭くなり、脊髄反射で動いているかのように機敏になるのだ。それはまるで地上にいるときにはひたすら休んでいるかのようだった。コックピットに坐ったらすっきりと眼が覚め、確実に機敏に動けるように、全神経を集中させる二時間に備えて、それまではまるで居眠りでもしているかのようだった。今は、しかし、飛行場を離れていても、すっかりその気になっているようで、すっきりと眼を覚ましていた、ほとんど空を飛んでいるときのように。長続きはしないかもしれないが、少なくとも今は集中していた。

スタッフィは改めて電話帳で番号を確かめてから立ち上がると、電話のところまでゆっくりと歩いた。そして、渡されたピアストル硬貨を投入してダイアルし、呼び出し音に耳を傾けた。スタッグは坐ってスタッフィを見ていた。ティムはまだカウンターの中で酒壜を並べていた。電話から五ヤードほどしか離れておらず、スタッフィのことばをひとことも聞き洩らすまいとしているのは明らかだった。スタッフィはひどく決まりが悪くなってきて、カウンターに寄りかかって待ちながら内心思った、誰も出なければいいのに。

カチリと受話器が取り上げられた音がして、女の声が聞こえた。「もしもし(アロ)」

スタッフィは言った。「もしもし(ハロ)、マダム・ロゼットはいるかな?」スタッフィはティムをずっと見ていた。ティムはひたすら酒壜を並べて、無関心を装っていた。が、聞き耳を立てているのはスタッフィにも容易にわかった。

「わたし、マダム・ロゼット。そちら、誰?」耳ざわりで不機嫌な声だった。今は誰にも邪魔されたくない。そんな声だ。

スタッフィは努めてさりげなく言った。「陸軍のヒギンズ大佐だ」

「なに大佐だって？」

「ヒギンズ大佐」とスタッフィは名前の綴りを言った。

「はい、大佐。ご用件は？」彼女は気が短そうだった。明らかに、無意味なことにはすぐにこらえ性をなくすタイプのようだった。スタッフィはなおもさりげない調子を装って言った。

「実はね、マダム・ロゼット、ちょっとしたことなんだが、助けてもらえるのではないかと思ってね」

スタッフィはティムから眼を離さなかった。ティムは確かに聞いていた。聞いているのに聞いていないふりをしている人間は、必ずわかる。そういう人間は音を立てないよう慎重に振る舞い、仕事に没頭しているかのように見せかける。今のティムがまさにそうだった。酒壜を棚から棚へ忙しなく動かしたかと思うと、酒壜をじっと見つめ、極力音を立てないようにしていた。店内を見まわすことさえしなかった。店の奥では、スタッグが身を乗り出してテーブルに両肘をつき、煙草を吸っていた。スタッフィを見ながら、このすべてのなりゆきを愉しんでいた。ティムがいるのでスタッフィが決まりの悪い思いをしているのもちゃんとわかっていた。スタッフィは不承不承さきを続けて言った。

「繰り返すと、ちょっと助けてもらえないかと思ってね。今日、サングラスを買いにシクレルの店に行ったんだが、その店に是非とも夕食に誘いたくなるような女の子がいたんだ」

「彼女、名前は？」ざらついた耳ざわりな声がそれまで以上に事務的になった。

「それがわからないんだ」とスタッフィはおずおずと言った。

「どんな娘？」

「そう、黒髪で、背が高くて、そう、すごい美人だ」

「どんな服を着てました？」

「ちょっと考えさせてくれ。確か白いワンピースのような服で、一面に赤い花柄がプリントされていたと思う」そう言ったあと、いかにも役立ちそうな特徴をつけ加えた。

「赤いベルトをしていたな」その女はピカピカの赤いベルトをしていた。そのことを思い出したのだ。

沈黙ができた。ティムが酒壜を手にしながらも音を立てないようにしているのがスタッフィにもわかった。酒壜をきわめて慎重に持ち上げ、きわめて慎重に降ろしていた。

そこでいきなりまた、ざらついたうるさい声がした。「かなり料金がかかるかもしれないわね」

「それは問題ない」そこでスタッフィは急にこんなやりとりなどもうしたくなくなった。もう終わりにして、逃げ出したくなった。

「六ポンドかかるかもしれない。もしかしたら、八ポンドか十ポンドか。その娘に会ってみないとわからない。それでいい？」

「もちろん。それで結構」

「あなた、どこに住んでます、大佐？」

「〈メトロポリタン・ホテル〉だ」スタッフィは考えなしに言った。

「わかりました。あとで電話します」そう言って、マダム・ロゼットは乱暴に電話を切った。

スタッフィも受話器を置いて、ゆっくりとテーブルに戻り、腰をおろした。

「それで」とスタッグが言った。「うまくいったか？」

「ああ、たぶん」

「彼女はなんて言ってた？」

「ホテルにかけ直すって言ってた」

「それってヒギンズ大佐宛てにホテルに電話がかかってくるってことだぞ」

スタッフィは言った。「くそ、しまった！」

スタッグは言った。「大丈夫だ。フロントにこう言えばいい。陸軍のヒギンズ大佐がおれたちの部屋にいるから、大佐に電話がかかってきたら、おれたちの部屋にまわしてくれって。ほかにはなんて言われた？」

「かなり料金がかかるかもしれないって。六ポンドから十ポンド」

「ロゼットはその九十パーセントをピンハネするんだ」とスタッグは言った。「あのユダヤ系シリア人のごうつく婆」

「どうやって段取りをつけるんだろう？」

スタッフィは実におっとりとした男だった。だから、面倒なことに手を出してしまったのかもしれない、と今頃になって心配になっていた。

「マダム・ロゼットはまず」とスタッグは説明を始めた。「手下のぽん引きのひとりに、さっきの女の所在と素性を確認させる。お抱え娼婦の名簿に登録済みの女だったら話は簡単だ。まだだったら、ぽん引きはすぐにシクレルの店のカウンター越しに話を持ちかけるだろう。でも、けんもほろろに女に断わられたら、ぽん引きは値段を吊り上げる。それでも、とんでもないと言われたら、もっと吊り上げる。結局、女は金に眼がくらんで了承する。で、ロゼットはその値段の三倍の料金をおまえにふっかけて、儲けは自分の懐に入れる。つまり、おまえが金を渡すのは女じゃなくてロゼットだってことだ。当然、それ以降、女はロゼットの娼婦名簿に載ることになる。そうやってロゼットの手中に収まってしまったら、もう一巻の終わりだ。次からはロゼットの言い値で客を取らされて、文句も何も言えない立場になる」

「どうして？」

「女が言うことを聞かなかったら、ロゼットはこう言うからだよ。〝いいわよ、お嬢さん。でも、いったいどうなることだろうね、シクレルの店のあんたの雇い主がこんな話を聞かされたら――このあいだあんたが何をしたのか、どんな働きぶりだったのか、どんなふうに自分たちの店を飾り窓がわりにしてたのかなんて話を聞かされたら。そしたらあんた、馘（くび）にされるよ〟って。そんなことを言われたら、哀れな女は怯えてロゼットの言いなりにならざるをえない」

スタッフィは言った。「いい女（ひと）みたいだね」

「誰が？」

「マダム・ロゼットが」

「ああ、ほれぼれするほどね」スタッグはそう言った。「まったく大したタマだよ」

酒場の中は暑かった。スタッフィはハンカチで顔を拭った。

「もっと飲もう」とスタッグが言った。「ティム、同じやつをふたつ」

ティムはおかわりを持ってくると、何も言わずにテーブルに置いた。そして空(から)になったグラスをさげてさっさと戻っていった。スタッフィの眼には、そんな態度のティムは店にふたりを迎え入れたときのティムとはまるで別人のように映った。もはや陽気でもなんでもない、無口で不愛想な男になっていた。「久しぶりだね。どこにいたんだね?」と声をかけてきたティムではなくなっていた。実際、カウンターの中に戻ると、ふたりに背を向け、ただ酒壜の整理を続けるだけの男になっていた。

スタッグは尋ねた。「いくら持ってる?」

「九ポンドぐらいかな」

「それじゃ足りないかもしれない。いくらかかってもかまわないって言っちまったんだから。やっぱり予算は伝えておくべきだったな。きっとふっかけてくるぞ」

「わかってる」とスタッフィは言った。

ふたりはしばらく無言のまま飲みつづけた。ややあってスタッグが言った。「何が心配なんだ、スタッフィ?」

「心配なんかしてないよ」とスタッフィは言った。「全然何も。もうホテルに帰ろう。ロゼットが電話してくるかもしれない」

ふたりは勘定を払い、ティムに別れのことばをかけた。ティムはうなずき返しただけで、何も言わなかった。〈メトロポリタン・ホテル〉に帰ると、フロントまで行って、スタッグがフロント係に言った。「陸軍のヒギンズ大佐宛ての電話が来たら、おれたちの部屋にまわしてくれ。大佐はこれからお見えになる」エジプト人のフロント係は「かしこまりました」と答え、スタッグの申し伝えを書きとめた。

部屋に戻ると、スタッグはベッドに寝転がって煙草に火をつけて言った。「さてと、おれのほうは今夜はどうしようかな」

ホテルに帰る道すがら、スタッフィはずっと押し黙り、ひとこともしゃべらなかった。部屋に戻り、ポケットに両手を突っ込んだままベッドの端に腰をおろして、ようやく口を開いた。「なあ、スタッグ、おれはもうロゼットから女を買うことなんかどうでもよくなった。どうせぼったくられるだろうし。キャンセルできないかな？」

スタッグは上体を起こして言った。「何を馬鹿なことを。取引きはもう成立したんだ。あの女相手にそんなふざけた真似はできない。たぶんロゼットはもう今このときにも段取りを進めてるはずだ。今さらキャンセルなんか無理だよ」

「払えないかもしれないし」とスタッフィは言った。

「まあ、向こうの出方を見よう」

スタッフィは立ち上がると、リュックがわりのパラシュート・バッグのところまで行って、中からウィスキーを取り出した。そして、グラスふたつにウィスキーを注ぐと、バスルームの蛇口の水で割ってベッドに戻り、一杯をスタッグに渡して言った。

「スタッグ、ロゼットに電話して、ヒギンズ大佐は急用で市を出て、砂漠にいる自分の連隊に戻ったって伝えてくれないか。電話でそう言ってくれ。大佐は時間がなかったんで、伝言を頼まれたって」

「自分でやれ」

「声でおれだってばれちまう。頼むよ、スタッグ、あんたが電話してくれよ」

「いやだね。おれは電話なんかしない」

「ねえ、ねえ」スタッフィの声音が突然変わった。子供のスタッフィがしゃべっているような口調になっていた。「おれはあの女とデートなんかしたくないし、マダム・ロゼットとも関わりたくない。今夜はなんかほかのことを考えようよ」

スタッグはすばやく顔を起こすとスタッフィを見て言った。「しょうがないな。電話してやるよ」

スタッグは電話帳を手に取ってマダム・ロゼットの番号を調べると、受話器を取り上げ、ホテルの交換台にその番号を告げた。スタッフィは、スタッグが電話口に出た相手と話をして、大佐の伝言を伝えるのを聞いた。ちょっと間があいてスタッグが言った。

「すまない、マダム・ロゼット。でも、これは私にはどうすることもできないことでね。私はただ伝言を頼まれただけなんだから」また間ができた。スタッグは同じことばを繰り返した。今度はかなり時間がかかったが、しまいにはうんざりしてしまったようだった。受話器を置くなりベッドにごろんと横になったところを見ると。そのあとは大笑いしはじめた。

「シラミたかりのクソ婆」吐き捨てるようにそう言うと、またひとしきり笑った。

スタッフィは尋ねた。「怒ってた？」

「〝怒ってた〟」とスタッグは答えた。「〝怒ってた？〟かって？　おまえにも聞かせたかったよ。どこの連隊の大佐なんだとか、ぐだぐだと訊いてきやがった。大佐は金を払う義務があるともぬかしやがった。こうもほざいてたな、このあたしをこけにしようったって、そうはいかないからねって」

「ざまあみろ、ユダヤ人のごうつく婆」とスタッフィは言った。

「これからどうする？」とスタッグは言った。「もう六時だ」

「出かけよう。どこかエジプト人の店で一杯やろう」

「よし、エジプト人の店をはしごしてまわろう」

ふたりはもう一杯ウィスキーを飲んでホテルを出た。〈エクセルシオール〉という店から始めて〈スフィンクス〉という店に場所を変え、さらにエジプト風の名前のついた小さな店に行った。十時になる頃には名もない店に腰を落ち着け、上機嫌でビールを飲みながらステージで繰り広げられるショーのようなものを見ていた。〈スフィンクス〉で出会ったウィリアムという第三十三中隊のパイロットがふたりに加わっていた。歳はスタッフィと変わらなかったが、顔はずっと若く見えた。飛行機に乗ってまだ日が浅いせいだ。とりわけ彼を若くみせているのが口元だった。まだ子供っぽさの残る丸顔で、小さな鼻は上を向き、砂漠の生活で肌は褐色に焼けていた。

名もない店に陣取り、三人は浮かれ気分でビールを飲んだ。その店にはビールしかなかったのだ。細長い店内は木の壁で囲まれており、粗削りの板を張った床にはおがくずが撒かれ、木のテーブルと椅子が並んでいた。店の奥に一段高くして木で造った舞台があり、ちょうど踊りのショーが繰り広げられていた。店の中はエジプト人でいっぱいで、赤いトルコ帽をかぶり、ブラックコーヒーを飲んでいた。舞台の上には肥った女がふたりいた。光沢のある銀色のタイツに同じ色のブラジャーという恰好で、ひとりは音楽に合わせて尻を振っていた。もうひとりは音楽に合わせておっぱいを揺すっていた。そのおっぱいの揺らし方が実に巧みだった。一方のおっぱいは揺らさず、もう一方のおっぱいだけを揺らすのだ。時々、尻も振っていた。エジプト人たちはすっかり魅了され、その女に盛大な拍手を送っていたが、拍手が大きくなるほど女はさらに激しく胸を揺らし、女が激しく胸を揺らすほど曲のテンポも速まった。そして、曲のテンポが速くなればなるほど胸の動きも速くなり、それがますます加速していった。それでも、決して調子は狂わず、女の顔に浮かんだふてぶてしい笑みもずっと消えなかった。スピードが増すにつれて、エジプト人たちの拍手もよりいっそう激しく大きくなった。誰もがすこぶる上機嫌だった。

ショーが終わるとウィリアムが言った。「どうしてこうも恐ろしいデブ女ばかりなんだろう？　どうしてもっときれいな女が出てこないんだろう？」

スタッグが答えて言った。「エジプト人はデブが好きなんだよ。ああいうのが好みなのさ」

「ありえない」とスタッフィが言った。

「いや、そうなんだって」とスタッグは言った。「昔からそうなんだよ。昔はこの国はしょっちゅう飢饉に見舞われてた。だから貧乏人はみんな痩せてて、金持ちや貴族はまるまると肥ってた。肥った女を選べばまちがいがない。金持ちの家の女に決まってるからだ」

「ばかばかしい」とスタッフィは言った。

ウィリアムが横から言った。「まあ、すぐにわかるさ。そこにいるエジプト人に訊いてみよう」そう言って、ほんの四フィートほど離れた隣りのテーブルについて坐っている、ふたり連れの中年のエジプト人を親指で示した。

「やめろ」とスタッグは言った。「やめろって、ウィリアム。あの連中にこっちに来られるのはごめんだ」

「いいじゃないか」とスタッフィが言った。

「そうだよ」とウィリアムも言った。「どうしてエジプト人は肥った女が好きなのか、理由を突き止めないと」

ウィリアムは酔っているわけではなかった。三人とも誰ひとり酔ってはいなかった。ビールとウィスキーをしこたま飲んで、上機嫌になっているだけだ。なかでもウィリアムが一番ご機嫌だった。褐色に焼けた子供っぽい顔を嬉しそうに輝かせ、上向き加減の鼻がさらに少し上向き加減になっていた。おそらくここ何週間かで初めて緊張が解けたのだろう。席を立って三歩でエジプト人のテーブルまで行くと、彼らのまえに立ち、にっこりと笑いかけて言った。

「失礼。おれとおれの友達のテーブルにお越しいただけたら光栄なんですが」

　ふたりのエジプト人は脂ぎった黒い肌に丸々とした顔をしていた。ふたりとも赤い帽子をかぶり、ひとりは金歯を入れていた。ウィリアムが話しかけると、初めはいくらか不安そうにしていたが、やがてウィリアムの言っていることがわかると、互いに顔を見合わせ、にやりと笑ってうなずいた。

「どうぞ（プリース）」とひとりが言った。

「プリース」ともうひとりも言い、ふたりは立ち上がってウィリアムと握手すると、彼のあとについて、スタッグとスタッフィのところにやってきた。

　ウィリアムが言った。「おれの友達です。こちらがスタッグ、こちらがスタッフィ。おれはウィリアム」

　スタッグとスタッフィも立ち上がり、みんなで握手を交わした。エジプト人たちはもう一度「プリース」と言い、全員が腰をおろした。

　宗教上の理由からエジプト人たちは酒が飲めないことをスタッグは知っていたので、こう言った。「コーヒー？」

　金歯を入れたほうが満面に笑みを浮かべ、両の手のひらを上に向けると、少し肩をすぼめるようにして言った。「わたし――わたし、なれてます。けど、わたしのトモダチ」連れのほうに両手を広げた。「トモダチ――わかりません」

スタッグはそのもうひとりのほうを見て尋ねた。「コーヒー?」

「プリース」と男は答えた。「わたし、なれてます」

「それはけっこう」とスタッグは言った。「コーヒーをふたつだね」

そう言って、ウェイターを呼んだ。「コーヒーをふたつ。それと、ちょっと待ってくれ。スタッフィ、ウィリアム、もっとビールを飲むか?」

「わたし」とスタッフィが言った。「慣れてます。けど、わたしのトモダチ」そこまで言って、ウィリアムのほうを向いた。「トモダチ――わかりません」

ウィリアムも言った。「プリーズ。わたし、慣れてます」誰も笑わなかった。

スタッグは言った。「よし、ウェイター、コーヒーふたつとビールを三杯だ」注文した飲みものをウェイターが持って戻ってくると、スタッグが金を払った。そしてグラスを持つと、エジプト人のほうに向けて言った。「乾杯（バング・ホー）」

「バング・ホー」とスタッフィも言った。

「バング・ホー」とウィリアムも言った。

エジプト人にもその意味がわかったらしく、コーヒーカップを持ち上げて「プリース」とひとりが言い、もうひとりが「サンキュー」と言ってコーヒーを飲んだ。

スタッグはグラスを置くと言った。「この国に来ることができて光栄に思ってます」

「そう」とスタッグは言った。「とてもね」

音楽がまた始まり、銀色のタイツを穿いたふたりの肥った女がアンコールに応えてまた踊りだした。すごい踊りだった。これほど見事に筋肉を自在に動かして操るショーは前代未聞だった。尻を振る女は相変わらず尻を振っているだけだったが、おっぱいを揺らす女はオークの木のようにどっしりと舞台の真ん中に立ち、両手を頭上に掲げ、左のおっぱいを右まわりにまわし、右のおっぱいを反時計まわりにまわしていた。それと同時に尻も振り、それらすべてが音楽にぴたりと合っていた。音楽は徐々にテンポが速くなり、それにつれておっぱいも尻も動きがいっそう速くなった。エジプト人の客の何人かは逆回転するおっぱいにすっかり夢中になって、おっぱいの動きを無意識のうちに手で追い、眼のまえに手を掲げて円を宙に描いていた。みんなが足を踏み鳴らし、歓声をあげていた。その間、舞台のふたりの女の顔にはずっとふてぶてしい笑みが貼りついていた。

やがてショーは終わり、拍手も徐々に静まった。

「すばらしい」とスタッグが言った。

「気に入った？」

「プリーズ、すばらしかった」

「あの踊り子たち」と金歯の男が言った。「すごく特別」

ウィリアムがしびれを切らし、テーブルにおおいかぶさるように身を乗り出して言った。「ちょっと訊いてもいいかな？」

「プリース」と金歯の男は言った。

「そう」とウィリアムは切り出した。「プリース」「あんたたちはどういう女が好きなんだ？　こんなふうに――ほっそりした女とか？」そう言って、彼は手で女の体の形を描いてみせた。

「あるいは、こんなふうに肥った女とか？」

男は大きな笑みを浮かべた。その笑みの向こうで金歯が光った。「私、好き、こんなふうに肥った女」そう言って、ずんぐりした両手で大きな円を描いた。

「あんたの友達は？」とウィリアムは言った。

「トモダチ」と彼は答えた。「わかりません」

「プリース」と連れの男は言った。「こんなふうね」そう言ってにやりと笑い、両手で肥った女を宙に描いた。

スタッフィが言った。「どうして肥った女が好きなんだい？」

金歯の男は少しばかり考えてから言った。「あなた、痩せた女、好き？」

「プリーズ」とスタッフィは言った。「おれは痩せた女が好きだな」

「なぜ痩せた女、好き？　教えて」

スタッフィは手のひらで首のうしろをさすりながら言った。「ウィリアム、どうしておれたちは痩せた女が好きなんだ？」

「わたし」とウィリアムは言った。「なれてます」

「おれもだよ」とスタッフィは言った。「でも、どうしてなんだろう？」

少し考えてからウィリアムは言った。「さあ、どうしてなんだろう。なんでおれたちは痩せた女が好きなんだろうな」

「はっ！」と金歯の男が言った。「あなた、わからない」そう言って、テーブル越しにウィリアムのほうに身を乗り出し、勝ち誇ったように言った。「わたしもわからない」

ウィリアムはそれだけでは満足できずに言った。「スタッグは、その昔エジプト人の金持ちはみんな肥っていて、貧乏人は痩せていたからだって言ってるけど」

「それはちがう」と金歯の男は言った。「ちがう、ちがう、ちがう。見て、あそこの女たち。すごく肥ってる。けど、すごく貧乏。エジプト王妃ファリダ、すごく痩せてる。けど、すごく金持ち。全然ちがう」

「まあ、そうだけど。でも、昔はどうだったのかな？」とウィリアムは言った。

「昔って何？」

ウィリアムは言った。「いや、もういいや。もう忘れてくれ」

ふたりのエジプト人はバスタブの最後の水が流れていくような音をたててコーヒーをすすった。そして飲み干すと、立ち上がった。

「帰るのかい？」とスタッグが尋ねた。

「プリース」と金歯の男が言った。

ウィリアムは「サンキュー」と言い、スタッフィは「プリーズ」と言い、金歯の連れのエジプト人は「プリース」と言い、スタッグは「サンキュー」と言った。それからみんなで握手を交わし、エジプト人は帰っていった。

「冴えないやつらだったな」とウィリアムが言った。

「ほんとに」とスタッフィも言った。「冴えないやつらだった」

そのあとも三人は、店を閉めるからもう注文はできないとウェイターが告げにくるまで飲みつづけた。ちびちび飲んでいたので、まだ深酔いはしていなかったが、それでもすこぶる気分はよかった。

「もう出てってくれだって」

「そうするか。次はどこに行く？　どこにしようか、スタッグ？」

「さあな。どこか行きたいところがあるのか？」

「ここと同じような店に行こうぜ」とウィリアムが言った。「ここは悪くなかったよ」

いっとき間があって、首のうしろをさすっていたスタッフィがおもむろに言った。

「スタッグ、どこへ行きたいかわかった。マダム・ロゼットの店に行きたい。店の女性をみんな救い出したい」

「誰だ、そのマダム・ロゼットって？」とウィリアムが尋ねた。

「すごい女だ」とスタッグが答えた。

「ユダヤ系シリア人のごうつく婆だ」とスタッフィは言った。

「シラミたかりのクソ婆だ」とスタッグも言った。

「わかった」とウィリアムは言った。「じゃあ、行こう。だけど、いったい何者なんだ？」

スタッグとスタッフィはマダム・ロゼットのことをウィリアムに話して聞かせた。電話をかけたことやヒギンズ陸軍大佐のことも話すと、ウィリアムは言った。「よし。行こう。そこに乗り込んで女たちを救い出してやろう」

三人は立ち上がって店をあとにした。外に出て、市のかなりはずれまで来ていたことを思い出した。

「少し歩かなくちゃならないな」とスタッグが言った。「このあたりにいても辻馬車は捕まらない」

月のない星明かりだけの暗い夜だった。道幅は狭く、灯火管制が敷かれ、カイロ特有の強烈なにおいが鼻をついた。しんと静まり返ったそんな通りを彼らは歩いた。時折ひとり、たまにはふたり、男が民家の陰に隠れるように外壁にもたれて立って、煙草の煙をくゆらせているそばを通り過ぎた。

「言っちゃなんだが、冴えないやつらだな」とウィリアムは言った。

「ほんとに。ほんとに冴えないやつらだよ」とスタッフィも言った。

三人は肩を並べて歩きつづけた。ごつい体つきの赤毛のスタッグ、背が高い黒髪のスタッフィ、帽子をなくしてしまったので無帽の若くて上背のあるウィリアム。そんな三人でおおよその見当をつけて市の中心をめざした。中心まで行けば、辻馬車を拾ってロゼットのところに行けるはずだった。

スタッフィがぽつりと言った。「なあ、おれたちが助けてやったら娘たちは喜ぶよな？」

「喜ぶどころじゃない」とスタッグが言った。「きっと大騒ぎになるぞ」

「マダム・ロゼットは女たちを実際に監禁してるのか？」とウィリアムが言った。

「いや、そうじゃない」とスタッグは答えた。「正確にはそうじゃない。だけど、いずれにしろ、おれたちが今すぐ助け出してやれば、今晩は働かなくてすむ。いいか、ロゼットが館（やかた）で働かせてる娘たちは今も日中は普通の店で働いてる、ごく普通の売り子だ。だけど、彼女たちはみんな過去になんらかの過ちをしでかしたか、そうでなければ、ロゼットが裏で糸を引いて過ちをしでかすように仕向けたかで、その秘密をロゼットに握られてるんだ。ロゼットはその弱みにつけ込んで、夜な夜な自分の店で働かせてるというわけだ。もちろん、女たちはロゼットを憎んでる。しかし、金銭的に彼女に頼ってるわけじゃない。機会さえあれば、きっと仕返ししようと思ってるはずだよ」

スタッフィが言った。「おれたちがその機会を提供してやるんだ」

通りを渡ったところで、ウィリアムがまた尋ねた。「店に女性は何人いるんだ、スタッグ？」

「さあな。ざっと三十人といったところかな」

「こりゃたまげた」とウィリアムは言った。「こいつはえらい騒ぎになるぞ。ロゼットはほんとに女たちにひどい扱いをしてるんだな？」

スタッグが答えた。「第三十三中隊の連中から聞いた話じゃ、ロゼットは女たちを一晩働かせて、ただ同然の二十アッカ（通貨を意味する軍隊のスラング）程度しか支払わないらしい。客からは百から二百アッカもふんだくっておいて。でもって、娘はひとりあたり毎晩五百から千アッカは稼ぐそうだ」

「こりゃたまげた」とウィリアムは言った。「ひと晩で千ピアストル稼ぐ娘が三十人か。ロゼットはまちがいなく大金持ちだな」

「そうとも。計算したやつがいるんだが、ほかの商売を勘定に入れなくても週に千五百ポンドは稼いでるらしい。ということは、ひと月に五千から六千、一年で六万だ」

ぼんやりしていたスタッフィが眼を見張って言った。「たまげるね。おったまげるじゃないか。ユダヤ系シリア人のごうつく婆」

「シラミたかりのクソ婆」とウィリアムも言った。

いつのまにかさきほどよりはにぎやかな界隈にはいっていたが、それでも辻馬車は見あたらなかった。

スタッグが言った。「メアリーの館(やかた)の話は聞いてるか？」

「メアリーの館？」とウィリアムは訊き返した。

「アレクサンドリアにある店だ。メアリーというのは、言ってみれば、アレクサンドリアのロゼットだな」

「シラミたかりのクソ婆か」とウィリアムは言った。

「いや」とスタッグは言った。「メアリーというのはいいやつだそうだ。それはともかく、先週、その店に爆弾が落ちた。ちょうど海軍の艦船が入港していて、店は水兵でにぎわってた。船乗りで」

「犠牲者が出たのか?」

「かなりね。で、そのあとどうなったと思う? 犠牲者はみんな戦闘中に死亡したものとされた」

「さすが提督は男だな」とスタッフィが横から言った。

「すばらしい」とウィリアムも言った。

やがて三人は辻馬車を見つけて、呼び止めた。

スタッフィが言った。「住所がわからない」

「御者なら知ってるよ」スタッグはそう言って御者に声をかけた。「マダム・ロゼットのところへやってくれ」

御者はにやりと笑ってうなずいた。するとウィリアムが声をかけた。「手綱を貸してくれ、おれがやるよ。あんたはおれの隣りに坐って、どの角を曲がればいいか教えてくれりゃいい」

御者は猛烈に抵抗したが、ウィリアムが十ピアストル握らせると、手綱を放した。ウィリアムは一段高い御者台に乗り、御者の隣りに坐った。スタッグとスタッフィはうしろの席に収まった。

「出してくれ」とスタッフィが言い、ウィリアムが手綱をゆるめると、馬は勢いよく駆け(ギャロップ)だした。

「駄目、いけない」と御者が悲鳴をあげた。「それ、駄目。止めて！」

「ロゼットはどっちだ？」とウィリアムも声を張り上げた。

「止めて！」と御者はまた悲鳴をあげた。

ウィリアムは上機嫌だった。「ロゼットだよ。どっちだ？」とまた声を張り上げた。

そこで御者も腹をくくったようだった。このいかれた男を止めるには目的地まで誘導するしかない、そう思ったのだろう。「そっち、左」と金切り声で言った。ウィリアムが左の手綱を強く引くと、馬はひどい大まわりをして角を曲がった。馬車の片側の車輪が浮き上がった。

「傾きすぎてるぞ」とうしろの座席からスタッフィが怒鳴った。

「次はどっちだ？」とウィリアムはまた声を張り上げた。

「左」と御者は叫び返した。次の通りを左折し、続いて右折、さらに二回左折し、もう一度右折したところで、突然、御者が叫んだ。「ここ、プリース。ここ、ロゼット。ここ、止めて」

　ウィリアムが手綱を強く引くと、馬はそれに応えて徐々に首を上げながら速度を落とし、速足(トロット)になった。

「どこだって？」とウィリアムは言った。

「ここ」と御者は答えた。「プリース」そう言って、二十ヤードばかり先の建物を指差した。ウィリアムは建物の真正面まで来たところで馬を止めた。

「よくやった、ウィリアム」とスタッフィが言った。

「驚いたな」とスタッグも言った。「あっというまだった」

「なかなかのもんだろ？」ウィリアムはいかにも満足げだった。

　御者は汗だくで、シャツが汗でぐしょ濡れになっていた。あまりに肝を冷やし、腹を立てる元気さえないようだった。

　ウィリアムが言った。「いくらだ？」

「二十ピアストル、プリース」

　ウィリアムは御者に四十ピアストル渡して言った。「ありがとう。よく走る馬だ」小柄な御者は金を受け取って御者台に飛び乗ると、馬を走らせ、一目散に逃げ去った。

　その通りも狭くて暗かったが、建ち並ぶ家屋は大きくて豪華だった。ロゼットの館だと御者に教えられた建物は、間口も奥行きもたっぷりある、灰色のコンクリート造りの四階建てで、正面の大きな分厚いドアが開け放たれていた。中にはいりながらスタッグが言った。「おれに任せろ。いい考えがある」

正面のドアを抜けると、そこは天井の裸電球に照らされた、冷え冷えとした埃っぽい灰色の石造りの玄関ホールで、男がひとり立っていた。山のような大男のエジプト人で、平たい顔をして、耳がカリフラワーのようだった。プロレスラーだった頃には、きっと〝殺人鬼アブダル〟とか〝毒蛇のパシャ〟とかいったリングネームがつけられていたにちがいない。今は薄汚れたコットンのスーツを着ていた。

スタッグが言った。「こんばんは。マダム・ロゼットはいらっしゃいますか?」

アブダルは三人のパイロットをじろじろと見て、少し迷ってから言った。「マダム・ロゼット、一番上の階」

「ありがとう。どうもありがとう」とスタッグは言った。スタッフィはスタッグがやけに丁重なのに気づいた。スタッグが丁重なときには誰かが必ずひどい目にあう。中隊でスタッグが飛行小隊を指揮しているときに敵に遭遇し、戦闘になりかけると、スタッグは命令の最後に必ず「お願いします（プリーズ）」とつけ加える。そして、伝達を受けたときには必ず「ありがとう」と言う。そんな彼が今アブダルに「ありがとう」と言っていた。

三人は鉄の手すりのある剝き出しの石の階段をのぼった。まず二階から三階までのぼった。まるで洞穴のようにすべてが剝き出しだった。最上階には廊下がなく、両側を壁ではさまれた階段をのぼりきると、眼のまえがドアになっていた。スタッグが呼び鈴を鳴らした。しばらく待っていると、ドアの小窓が横に開き、ふたつの小さな黒い目が向こうからのぞいてきた。「あんたら、なんの用？」と女の声がした。スタッグとスタッフィには電話で聞き覚えのある声だった。スタッグが言った。「マダム・ロゼットにお目にかかりたいのですが」〝マダム〟のところはフランス風に発音した。まだ丁重さを忘れていなかった。

「あんたたち、将校かい？　うちは将校専門だよ」と声がした。板切れがひび割れたような声だった。

「ええ」とスタッグは言った。「われわれは将校です」

「あんたたち、将校には見えないけど。どこの将校だい？」

「イギリス空軍です」

少し間があった。思案しているのだろうとスタッグは思った。たぶん以前パイロットとのあいだでいざこざがあったのだろう。スタッグは彼女にはウィリアムが見えていないことを祈った。彼女にはウィリアムと彼の眼に宿っている光が見えていないことを。

ウィリアムは御者台で馬を走らせたときの興奮からまだ冷めていなかった。突然、小窓が閉まり、ドアが開いた。

「いいよ。はいりな」とロゼットは言った。顧客を慎重に選別するには、彼女は欲深すぎた。

三人は中にはいり、ロゼットと対面した。背が低くて、肥っていて、脂ぎった女だった。ぼさぼさの黒髪がいくすじか額に垂れていた。泥のような色をした大きな顔、大きな幅広の鼻、魚のような小さな口。鼻の下にうっすら生えている黒いひげ。ゆったりした黒いサテンのドレスを着ていた。

「オフィスにおいで、坊やたち」とロゼットは言い、体を揺らしながら廊下を左に歩きだした。長くて幅の広い廊下だった。長さは五十ヤードほど、幅は四、五ヤードばかり。外の通りと平行に――建物の真ん中を――突っ切っていて、下から階段をのぼってくると、左に向かう恰好になり、廊下の両側にそれぞれ八つから十ほどのドアが並んでいた。階段をのぼった右側は廊下のつきあたりで、そこにもドアがひとつだけあった。そのつきあたりのドアからは女たちのざわめきが階段をのぼってやってきた三人にも聞こえた。女たちの控え室なのだろう、とスタッグは見当をつけた。

「こっちだよ」とロゼットが言い、左に向かい、だらだらと廊下を進み、声が聞こえるドアから遠ざかった。三人は彼女のあとについて廊下を歩いた。まずスタッグ、次にスタッフィ、そのうしろにウィリアム。廊下の床には赤い絨緞が敷かれ、天井からは巨大なピンクのランプシェードがぶら下がっていた。廊下の半ばまで来たところで、背後の控え室から叫び声が聞こえた。ロゼットは立ち止まると、振り返って言った。

「あんたたちはさきにオフィスにはいっておくれ。左手の一番奥のドアだから。すぐに行くよ」そう言って、踵を返し、控え室のほうに戻っていった。三人は言われたとおりにはしなかった。その場に立ち止まり、ロゼットから眼を離さなかった。ロゼットが控え室のまえまで行ったのと同時に、ドアが開き、女がひとり飛び出してきた。振り乱したブロンドの髪が女の顔いっぱいにかかっているのと、だらしなく見える緑のイヴニングドレスを着ているのが三人のいるところからでもわかった。女は眼のまえにいるロゼットを見て、立ち止まった。ロゼットが怒って何か早口で言っているのが三人にも聞こえた。次に、女がロゼットに何か怒鳴り返しているのが聞こえた。ロゼットが右手を上げるのが見え、女の横っ面を平手で打つのが見えた。ロゼットがもう一度右手を振り上げ、女の同じ側の頬をもう一度打つのも見えた。ロゼットは女をしたたかにひっぱたいた。女は両手で顔を覆い、泣きだした。ロゼットは控え室のドアを開けると、女を中に押し戻した。

「なんとね」とスタッグが言った。「なかなかの強者だな」ウィリアムが言った。「それはこっちも同じだけど」スタッフィは何も言わなかった。

ロゼットが戻ってきて言った。「さあさあ、こっちだよ、坊やたち。ただのちょっとした揉め事だよ。なんでもないよ」そう言って、先に立って廊下をつきあたりまで進み、三人を一番奥の左側の部屋に通した。そこがオフィスだった。広くも狭くもなく、室内には赤いビロード張りのソファがふたつと肘掛け椅子が二、三脚置いてあり、床には赤い厚手の絨毯が敷いてあった。部屋の隅に小さな机があり、ロゼットはその机の向こうにまわって坐り、客と向かい合って言った。

「坐りな、坊やたち」

スタッグは肘掛け椅子を選び、スタッフィとウィリアムはソファに坐った。

「それじゃ」とロゼットは言った。甲高くてせっつくような声になっていた。「さっそくビジネスといこうか」

スタッグが椅子に坐ったまま身を乗り出して言った。椅子の鮮やかな赤いビロードと彼の短い赤毛がどことなく不釣り合いに見えた。「マダム・ロゼット、お会いできて光栄です。あなたの噂はかねがね聞いておりました」そんなスタッグを見て、スタッフィは思った――また丁重な物言いになっている。ロゼットもスタッグを見ていた。小さな黒い眼に警戒の色を浮かべていた。「ほんとうですって」とスタッグは続けた。「長いことずっとこうしてお会いできる機会を心待ちにしてたんです」

　彼の声は明るく、相変わらずの丁重さだったので、ロゼットもそのことばを額面どおりに受け取ったようだった。「嬉しいことを言ってくれるね、坊や。ここへ来ればいつでも愉しめるよ。それはあたしが請け合うよ。それじゃ、まずはビジネスだね」

　しびれを切らしたウィリアムがおもむろに言った。「スタッグはあんたのことをすごい女だって言ってる」

「ありがと、坊や」

　スタッフィも言った。「スタッグはあんたのことを汚らわしいユダヤ系シリア人の婆だって言ってる」

　ウィリアムがそのあとすぐに続けて言った。「スタッグはあんたのことをシラミたかりのクソ婆って言ってる」

「でもって、おれは自分が何を言ってるのか、ちゃんとわかってる」とスタッグも言った。

　ロゼットは弾かれたように立ち上がった。「なんなの、これ？」と金切り声をあげた。その顔色はもはや泥色ではなくなっていた。赤粘土色になっていた。男たちは動かなかった。笑顔も笑い声もなく、ただじっと椅子に坐ったまま、少しまえかがみになって彼女を見ていた。

ロゼットは以前にもトラブルを経験していた。それも何度も。だから対処のしかたはちゃんと心得ていた。が、今回は勝手がちがった。相手は酔っぱらいではなかった。問題も金のことではなかった。館の女のことでもなかった。彼女自身に関することだった。それがどうにも気に食わなかった。

「出ていきな」と彼女は怒鳴った。「厄介なことになりたくなかったら、出ていきな」

それでも男たちは動かなかった。

ロゼットは少しだけ待ってから、すばやく机の向こうから出てくるとドアに向かった。が、スタッグのほうが一足早く、ドアのまえに立ちはだかり、スタッフィとウィリアムがスタッグめがけて突進する彼女の腕をうしろからそれぞれ片方ずつ捕まえた。

「こいつはここに閉じ込めて」とスタッグが言った。「おれたちは脱出だ」

そこでロゼットが本気で大声をあげはじめた。なんと言ったのか。それはとても紙には書けない。それくらい汚いことばが魚に似た小さな口からあふれ、よどみのない金切り声の長い流れとなり、そんなことばとともに唾がしぶきとなって飛び散った。スタッフィとウィリアムは、彼女の腕をつかんで大きな椅子のところまで引き戻そうとした。

ロゼットは激しく抗って叫んだ、市場に曳かれる肥った大ブタさながら。スタッフィとウィリアムは椅子のまえまで連れてくると、すばやく突き飛ばした。彼女はのけぞって倒れ、尻から椅子に落ちた。スタッフィは急いで机のところまで行くと、すばやく腰を屈めて電話線を差し込み口から引き抜いた。スタッグはドアを開けて待っていた。三人はロゼットが立ち上がるよりさきに部屋を出た。まえもって内側から抜き取っておいた鍵を使って、スタッグが外からドアに鍵をかけた。三人とも部屋の外の廊下に立ち、スタッグが言った。

「まったく。すごい女だ」

「怒り狂ってる」とウィリアムが言った。「あの声を聞いてみろよ」

三人は廊下に立って聞いた。ロゼットはわめき散らしていた。そのうち中からドアを叩きだした。なおも怒鳴りつづけていたが、それは女の声ではなく、猛り狂いながらも自らを明確に表現できる牡牛の声だった。

スタッグが言った。「さあ、急ごう。女たちだ。ついてくるんだ。いいか、ここからは真面目にやるんだ。とことん真面目にな」

スタッグがまず女たちの控え室に小走りで向かい、スタッフィとウィリアムはそのあとに続いた。ドアのまえでスタッグは立ち止まり、うしろのふたりも止まった。オフィスからはまだロゼットの怒鳴り声が聞こえていた。スタッグが言った。「いいか、何もしゃべるんじゃないぞ。とことん真面目に、だ」そう言うと、スタッグはドアを開けて中にはいった。

控え室には女が十数人いた。みないっせいに顔を上げた。おしゃべりをやめ、戸口に立つスタッグを見上げた。スタッグは踵と踵を合わせて打ち鳴らして言った。

「憲兵隊だ。憲兵隊(レ・ジャンダルム・ミリテール)だ」帽子をかぶったまま気をつけの姿勢で戸口に立ち、いかめしい声に真面目くさった顔でそう言った。スタッフィとウィリアムもそのうしろに並んで立った。

「憲兵隊だ」とスタッフィはもう一度言うと、身分証明書を取り出し、二本の指ではさんで高々と示した。

女たちは身動きひとつせず、ひとことも発しなかった。みなやりかけていたことの途中でそのまま静止して、一幅の絵のようになっていた。それほどじっとしていた。ひとりの女はストッキングを穿きかけて、そのままの姿勢で止まっていた。椅子に坐って片脚をまえにまっすぐ伸ばし、両手でつかんだストッキングを膝まで引っぱり上げたところで固まっていた。別の女は鏡のまえで髪を整えていて、両手を髪にやったまま振り向いていた。立ち上がりかけていた女は口紅を塗っていて、その口紅を唇にあてたままスタッグに眼を向けていた。何をするでもなく、ただ質素な木の椅子に坐っていた女も何人かいたが、坐ったまま一様に顔を上げてドアのほうを見ていた。どの女も光沢のあるイヴニングドレスを着ていた。下着姿の女もひとりかふたりいたが、ほとんどがきらきらした緑やきらきらした青やきらきらした赤やきらきらした金のドレスをまとい、スタッグのほうを向いて固まったまま微動だにしなかった。まさに絵そのものだった。

　ちょっと間を置いてから、スタッグは言った。「当局にかわって、邪魔する非礼をお詫びする。私からもお詫びする、ご婦人方。登録などのために同行してもらわなければならない。手続きがすんだら、すぐに帰っていい。ただの手続きだ。ただ、今は一緒に来てもらわなければならない。マダムとはもう話がついている」

　スタッグが話しおえても、女たちは動かなかった。

「どうか」とスタッグは続けた。「上着を着てもらいたい。われわれは軍の者である」そう言って、脇にどいてドアを押さえた。そこで急に〝絵〟が動きはじめた。みな立ち上がると、困惑した様子でなにやらぶつぶつと言った。それでもひとり、ふたりとドアに向かうと、ほかの女たちもそのあとに続いた。下着姿だった女たちは急いで服を着て、両手で髪を撫でつけながらドアに向かった。誰も上着は着なかった。

「人数を数えろ」女たちが列になってドアから出ていくと、スタッグはスタッフィに命じた。スタッフィは声を出して数えた。十四人だった。

「十四名であります」とスタッフィは努めて特務曹長の口調を真似て言った。

スタッグは「よし」と応じて、廊下に居並ぶ女たちのほうを向いて言った。「さて、メドゥモワゼル、私はマダムからあなた方の名簿をもらっている。だからどうか逃げようなどとしないでほしい。心配は無用。これは単なる軍の手続きだから」

ウィリアムが廊下に出て階段に続くドアを開け、列の先頭に立った。そのあとに女たちが続き、スタッグとスタッフィがしんがりを務めた。女たちはみな大人しくしていたが、困惑しており、不安にもしており、少し怯えてもいた。話をする者はいなかった。ただひとり、背の高い黒髪の女以外は。その女は「なんと、まあ（モン・デュー）、軍の手続きだって。モン・デュー、モン・デュー、次はなんなのかしらねえ」と言った。しかし、それ以上は何も言わなかった。一行は階段を降りた。玄関ホールには平たい顔にカリフラワー耳をしたエジプト人がいた。面倒なことになりそうな一瞬があった。が、スタッグが身分証明書を男の顔のまえで振ってみせて言った。「憲兵隊だ」男はびっくりして、何もすることなく一行を通した。

みんなが通りに出ると、スタッグは言った。「ここから少し歩いてもらう。ほんの少しだ」一行は右に曲がり、今度はスタッグを先頭に歩道を歩いた。スタッフィは最後尾を歩き、ウィリアムは隊列の側面を守るように車道を歩いた。今は空に月が出ており、あたりは明るく、よく見通せた。ウィリアムはスタッグと足並みをそろえようとし、スタッフィはウィリアムと足並みをそろえようとしていた。腕を振り、頭を高く掲げて歩く三人はいかにも軍人らしかった。実際、その様子はなかなかの見物だった。きらきらしたイヴニングドレスをまとった十四人の女たち、きらきらした緑やきらきらした青やきらきらした赤やきらきらした黒やきらきらした金を身につけた、十四人の女たちが月明かりのもと、スタッグを先頭にウィリアムを側衛にスタッフィを後衛に通りを歩く姿というのは、大いに見物だった。

女たちはすでにおしゃべりを始めていた。振り向かなくても、その話し声がスタッグの耳にははいってきた。彼はそのまま列の先頭を歩き、十字路に来ると右に曲がった。ほかの者たちも従った。そのブロックを歩いて五十ヤードほど進んだところにエジプト人のカフェがあった。スタッグはその店を見た。灯火管制用のカーテンの奥に明かりが見え、彼はうしろを向いて叫んだ。「止まれ！」女たちは立ち止まりはしたが、おしゃべりはやめなかった。兵隊のあいだで謀反が起きているのは誰の眼にも明らかだった。ハイヒールを履いて、きらきらしたイヴニングドレスをまとった十四人の女たちに夜の街を行進させるなど、誰にもできることではない。少なくとも長時間は。たとえそれが軍の手続きであろうと。そういうことをよく心得ているスタッグはみんなに呼びかけた。「メドゥモワゼル、聞いてくれ」しかし、兵隊の謀反は静まらず、女たちはしゃべりつづけた。背の高い黒髪の女が言った。「モン・デュー、これはなんなの？　いったいぜんたいなんなの、オー、モン・デュー？」

「静かに」とスタッグは言った。「静かに！」二度目は命令口調で叫んだ。それでおしゃべりはやんだ。

「メドゥモワゼル」と彼は言った。今度は丁重な口調になっていた。これ以上考えられないほど丁重な口調に。スタッグが丁重になると、誰もがそれを受け入れる。口元は少しも笑っていないのに、声だけで笑みのようなものをつくることが彼にはできた、実に驚くべきことに。顔は厳めしいまま、声だけで笑みを浮かべることができるのだ。そして、それには有無を言わせぬ効果があった。というのも、その声から人はたいてい彼が一生懸命親切になろうとしているという印象を受けるからだ。

「メドゥモワゼル」と彼は言った。笑みを含んだ声で。「軍隊には常に手続きというものがある。それは避けられないことであり、私がきわめて遺憾に思っていることでもある。しかし、軍隊にはまた騎士道精神もあってしかるべきであり、きみたちはイギリス空軍に大いなる騎士道精神があることを知るべきである。だから、きみたちが全員これからこの店にはいり、われわれとともにビールを飲むということになれば、それはもう愉しいことになるだろう。それが軍の騎士道精神というものである」彼はまえに進むと、カフェのドアを開けて言った。「さあ、いいから飲もう。一杯やりたい者は？」

そこで女たちにも突如として理解できた。一連の出来事のあるがままの全体像が、そのすべてが一気に見えた。女たちはまず驚き、いっとき思案した。それから互いを見て、スタッグを見て、首をめぐらせ、スタッフィとウィリアムを見た。そのふたりを見て、ふたりの眼を見て、女たちにもわかった。ふたりの眼には笑いがあふれていた。すぐに女たちも笑いはじめ、ウィリアムも笑い、スタッフィも笑った。一行は前進し、カフェに雪崩れ込んだ。

背の高い黒髪の女がスタッグの腕を取って言った。「モン・デュー、憲兵隊だなんて、モン・デュー、オー、モン・デュー」そう言って、頭をのけぞらせて笑った。スタッグも一緒に笑った。ウィリアムが言った。「これが軍の騎士道精神だ」彼らも店にはいった。

その店は三人がさっき行った店によく似ていた。壁に木を張った、おがくずだらけのその店内では、赤いトルコ帽をかぶったエジプト人が数人、そこここに坐り、コーヒーを飲んでいた。ウィリアムとスタッフィは丸いテーブルを三つつなげて椅子を並べた。

そこに女たちが坐った。ほかのテーブルのエジプト人たちはコーヒーカップを置くと、坐ったまま振り向き、見惚れた。泥の中に棲息する何匹もの肥った魚みたいに口をぽかんと開けて。中にはもっとよく見ようとして椅子ごと向きを変え、彼らと向かい合い、口をぽかんと開ける者もいた。

ウェイターがやってくると、スタッグが注文をした。「ビールを十七杯だ。ビールを十七杯頼む」ウェイターは「プリース」と言って立ち去った。

坐って飲みものを待ちながら、女たちは三人のパイロットを見て、パイロットは女たちを見た。ウィリアムが言った。「これが軍の騎士道精神だ」すると背の高い黒髪の女が言った。「モン・デュー、あんたたちってほんとイカれてる、オー、モン・デュー」

ウェイターがビールを運んできた。ウィリアムが自分のグラスを掲げて言った。「イギリス軍の騎士道精神に乾杯」黒髪の女が言った。「オー、モン・デュー」スタッフィは何も言わなかった。すぐにことが起こせるよう、すぐにも口説けるよう、女たちを見まわし、品定めし、どの女が自分の一番の好みか決めるのに忙しかったのだ。スタッグはただ笑みを浮かべていた。女たちはそれぞれきらきらした赤、きらきらした金、きらきらした青、きらきらした緑、きらきらした黒、きらきらした銀のイヴニングドレス姿で坐っていた。またしてもほとんど絵になっていた。まさに絵そのものだった。坐ってビールを飲んでいる女たちは心の底から愉しんでいるようだった。もう少しも疑っていなかった。今起きていることはすべて額面どおりであることをちゃんと理解していた。

「なんとなんと」とスタッグは言い、グラスを置き、まわりを見まわした。「なんとなんとなんと。一個中隊分の人数がいる。中隊のみんなも今ここにいればいいのになあ」

そこでさらに飲みかけた手を止めると、すばやくグラスを置いて言った。「そうだ、いいことを思いついた。ウェイター、ウェイター」

「プリース」

「大きな紙と鉛筆を貸してくれ」

「プリース」ウェイターは立ち去り、紙を一枚持って戻ってくると、耳にはさんでいた鉛筆を取り、スタッグに手渡した。スタッグはテーブルを叩いてみんなを静かにさせてから言った。

「メドゥモワゼル、最後にもうひとつ手続きがある。これが最後の手続きだ」

「軍のね」とウィリアムが言った。

「オー、モン・デュー」と黒髪の女は言った。

「大したことじゃない」とスタッグは言った。「きみたちの名前と電話番号をこの紙に書いてほしい。おれの中隊の友人たちのために。連中も今のおれと同じぐらい愉しめるように。でも、そのまえのトラブルはなしで」スタッグの声がまた笑っていた。女たちが彼の口調を気に入っているのは誰にもわかった。「よければぜひともお願いしたい」彼は続けた。「連中もきっときみたちに会いたがる。きっと愉しいと思うよ」

「すばらしい」とウィリアムが言った。

「イカれてる」と黒髪の女は言ったが、それでも紙に名前と電話番号を書いて次の女にまわした。スタッグはビールのおかわりを注文した。派手なドレスを着た女たちの坐っているさまは珍妙だった。それでもそれぞれ紙に名前を書いた。みんな愉しそうだった。中でもウィリアムがことさら愉しそうに見えた。スタッフィは真剣そのものだった。誰を選ぶかというのは重大な問題で、それが重く彼の心にのしかかっていた。みんなきれいな女だった。若くてきれいで、それぞれちがっていた。ギリシア人、シリア人、フランス人、イタリア人、色白のエジプト人、ユーゴスラヴィア人。ほかにも何人もいた。それが全員美人で、全員凛々しい女たちなのだ。

スタッグの手元に紙が戻ってきた。そこには奇妙な筆跡で書かれた十四の名前と十四の電話番号があった。スタッグはとくと紙を眺めて言った。「これは中隊の掲示板に貼ろう。これでおれは中隊の大恩人だ」

ウィリアムが言った。「本部に貼るべきだよ。謄写版で印刷して、すべての中隊に配布するべきだ。士気を高めるのに役立つぞ」

「オー、モン・デュー」と黒髪の女が言った。「あんたたち、イカれてる」

スタッフィがゆっくりと立ち上がり、椅子を持ってテーブルの反対側に行くと、その椅子をふたりの女のあいだに押し込んで言った。「失礼。ここに坐ってもいいかな？」

それだけ言った。ついに心を決めたのだ。とに取りかかった。とても可愛い女だった。真っ黒な髪に愛らしい顔だちで、体の線も申し分がなかった。スタッフィはほかの同席者たちには眼もくれず、その女のほうを向き、頬杖をついて話しはじめた。その様子を見ていると、なぜスタッフィが中隊で一番優秀なパイロットなのかよくわかった。若くて、集中力があるのだ、このスタッフィというやつには。狙いを定めたものに一直線に向かっていく、アスリートのような集中力を持つ男なのだ。曲がりくねった道のりを把握したら、慎重にそれをまっすぐな道に変えて猛スピードで突き進む。そうなったらもう誰にも止められない。そういう男なのだ。だから、今はその可愛い女と話をしていたが、何を話しているのかは誰にもわからなかった。

一方、スタッグのほうはまだ考えていた。次の行動を思案していた。それでも、みんなが三杯目のビールを飲みおえる頃になると、またテーブルを叩いてみんなを静かにさせた。

「メドゥモワゼル」と彼は言った。「きみたちをぜひとも家に送り届けさせてもらいたい。おれは五人引き受けるよ」――彼はうまくことを進めていた――「スタッフィも五人だ。こっちのハンサム坊やは四人。辻馬車を三台呼んで、おれは五人を乗せて、ひとりずつ順番に家のまえで降ろすよ」

ウィリアムが言った。「軍の騎士道精神だ」

「スタッフィ」とスタッグは言った。「スタッフィ、おまえもそれでいいな？　おまえも五人を送ってくれ。最後に誰を降ろすかはおまえが決めればいい」

スタッフィはまわりを見まわして言った。「わかった。わかったよ、それでいい」

「ウィリアム。きみは四人だ。ひとりずつ家のまえで降ろしていくんだ。いいな」

「もちろん」とウィリアムは言った。「全然問題なしだ」

全員立ち上がってドアに向かった。背の高い、黒髪の女がスタッグの腕を取って言った。「あたしを送ってくれる？」

「いいよ」とスタッグは答えた。「送るよ」

「最後に降ろしてくれる？」

「ああ。最後に降ろそう」

「オー、モン・デュー」と彼女は言った。「素敵」

店を出ると、辻馬車を三台拾って、三組に分かれた。スタッフィは実にきびきびと行動していた。受け持ちの女たちをすばやく辻馬車に乗せて、最後に自分も乗り込んだ。スタッグはその辻馬車が通りを走り去るのを見送った。次にウィリアムの辻馬車も出ていった。が、何かに急に引っぱられて、馬が一気にギャロップになり、いきなり飛び出したように見えた。スタッグが改めて眼をやると、手綱を手に持って、ウィリアムが御者席に坐っていた。

スタッグは言った。「行こう」彼の担当の女たち五人も辻馬車に乗り込んだ。ぎゅう詰めになったが、全員乗れた。スタッグは坐席の背にもたれた。すると、誰かの腕が持ち上げられ、また下げられたかと思ったときには、その腕が彼の腕にからまっていた。背の高い黒髪の女だった。彼は女に顔を向けて言った。

「ハロー。ハロー、きみ」

「ああ」と女は囁いた。「あんたたちってほんと、くそイカれてる」スタッグは体の中に温かいものを感じ、鼻歌を歌いはじめた。辻馬車は暗い夜道をがたがたと走っていった。

カティーナ
Katina

最初のギリシア戦線最後の日々
その戦線に携わったイギリス空軍パイロットに関する短い備忘録

最初に少女に気づいたのはピーターだった。

少女は両手を膝にのせ、石の上にじっと坐っていた。うつろな眼をして、ぼんやりとまえを見ていた。あたり一面、狭い道のいたるところで、水のはいったバケツを持った人々が駆けずりまわり、行ったり来たりしながら、燃えさかる家々の窓から中に水をかけていた。

丸石を敷いた通りの反対側に少年の死体があった。邪魔にならないよう誰かの手で端のほうに寄せられていた。

その少し先ではひとりの老人が石と瓦礫（がれき）をどかしていた。ひとつずつ石を脇に運んでは投げ捨てていた。時折、腰を屈めて廃墟の中をのぞき込み、何度も繰り返し同じ名前を呼んでいた。

いたるところ、叫び声、走りまわる足音、水のはいったバケツ、炎、それに土埃だらけだった。少女は押し黙って石の上に腰かけ、まえを見つめたまじっと動かなかった。左の頬を血が伝っていた。血は額から流れ出し、顎の先から汚れたプリント地のワンピースにしたたり落ちていた。

少女に気づいたピーターが言った。「見ろよ、あの子」

われわれは少女のところまで行った。フィンが少女の肩に手をかけ、屈み込んで傷口を調べた。「爆弾の破片でやられたらしい。医者（ドク）に診せたほうがいいな」

ピーターと私が両手を組み合わせて椅子をつくり、フィンが少女を抱え上げてその上にのせた。そうしてわれわれは町を抜け、飛行場に向かって戻りはじめた。ピーターと私のふたりは、積み荷となった少女をあいだに腰を屈め、いささかぎこちない足取りで歩いた。ピーターは両手で私の両手をしっかりと握っていた。少女の尻が手首に軽く感じられた。左側にいた私の飛行服の袖に少女の顔から血がしたたって、防水布を伝い、手の甲まで流れ落ちた。少女は身動きひとつせず、一度も口を開かなかった。

フィンが言った。「出血がひどいな。少し急いだほうがいい」

出血のせいで顔はよく見えなかったが、可愛らしい子だということはわかった。頬骨が高く、秋の空のような淡いブルーの大きくてつぶらな眼をしていた。短い髪はブロンドだった。歳は九歳くらいに見えた。

一九四一年四月の初旬、ギリシアのパラミシアでのことだ。われわれ戦闘機中隊は村に近いぬかるんだ野原に駐留していた。そこは深い谷で、四方を山に囲まれていた。凍てつくような冬が過ぎ、ほとんど気づかないうちに春が訪れていた。春は音もなく急ぎ足でやってきて、湖の氷を解かし、山頂の雪を払い落とした。飛行場のいたるところで薄緑色の新芽が泥を押し上げ、着陸用の絨毯をつくってくれていた。暖かい風が谷に吹き込み、野草が花開いていた。

数日前にユーゴスラヴィアに侵攻して制圧したドイツ軍は、今や大がかりな軍事行動を展開しており、その日の午後にはおよそ三十五機のドルニエがはるか上空に現われ、村を爆撃していた。ピーターとフィンと私は非番だったので、救助作業で何かできることはないかと三人で出かけ、廃墟を掘り起こしたり、火を消し止めたりするのを数時間手伝ったのだが、少女を見つけたのはそんなことのあと、村を引き揚げる途中でのことだ。

飛行場が近づいてくると、ハリケーンが旋回しながら進入し、着陸するのが見えた。思ったとおり、軍医は分散して建てたテントのまえに立って、負傷した者はいないかと待機していた。ピーターと私は彼のところまで少女を運んだ。数ヤード先にいたフィンが声をかけた。

「ドク、ぐうたら医者のあんたに仕事を持ってきた」

軍医は若くて気のやさしい男だったが、気むずかしい男でもあった。酔っていないときには。酔うとすばらしい咽喉を披露した。

「医療テントに連れていってくれ」と彼は言った。ピーターと私は少女を運び入れて椅子に坐らせた。そして、その場に少女を残して、ほかの連中の首尾はどうだったか、様子を訊こうと別のテントに向かった。

あたりは暗くなりかけていた。西の尾根の向こうに夕陽が見えた。満月だった。爆撃にお誂え向きの月が空に昇るところだった。その月の光がテントの肩を照らしてテントを白く見せていた。そんなテントは飛行場のへりに整然と並ぶ白いピラミッドの小さな群れのように見えた。あるいは怯えた羊のようにも。怯えた羊がひと塊になっているようにも。もしくは人のようにも見えた。人々が身を寄せ合って立っているようにも。まるで厄介なことになるのがわかっているかのように、忘れられて置き去りにされるかもしれないと誰かに警告されでもしたかのようにも。眺めていると、テントの群れが動いたのが見えたような気がした。わずかに身を寄せ合うのが見えたような。

さらに、ひそやかに、物音ひとつ立てず、山々がわれわれの谷に忍び寄ってきたかのようにも見えた。

そのあとの二日間、何度も出撃があった。明け方に起きて出撃し、戦い、また眠るということが繰り返された。陸軍が撤退した。二日間にあったのはだいたいそれぐらいのことだ。二日間ではそれぐらいのことしか起こらないだろうが。三日目には雲が山々を越え、すべるように谷の中まではいり込んできた。雨が降りだした。われわれは食堂のテントでビールやレツィーナ（松脂風味のギリシアの白ワイン）を飲みながら、のんびり過ごした。雨がテントの屋根にあたってミシンのような音をたてていた。昼食にはここ何日かぶりに中隊全体がそろった。十五人のパイロットが長テーブルをはさんでベンチに坐り、中隊長のモンキーは上座に坐った。

炒めたコンビーフを食べている途中でテントのフラップが開き、ずぶ濡れの特大サイズのポンチョを頭からかぶった軍医がはいってきた。ポンチョの下にあの少女がいた。頭に包帯を巻いていた。

軍医が言った。「みんな、お客を連れてきた」そこにいた全員が振り向き、反射的に全員が立ち上がった。

軍医がポンチョを脱いでいるあいだ、少女は両手をだらりと脇に垂らして突っ立ったまま、われわれを見つめていた。われわれも少女を見つめていた。ブロンドの髪と薄い色の肌のせいで、まるでギリシア人らしく見えなかった。すっかり怯えていた。テントにはいるなり、十五人のむさ苦しい外国人がいきなり立ち上がったのだ。一瞬、少女は背を向けかけた。今にも雨の中に逃げ出しそうになった。

モンキーが言った。「やあ、いらっしゃい。こっちに来て坐るといい」

「ギリシア語で。英語は話せない」とドクが言った。

ピーターとフィンと私は互いに顔を見合わせた。フィンが言った。「これは驚いた。おれたちのお嬢ちゃんじゃないか。いい仕事をしてくれたね、ドク」

少女にはフィンがわかったようで、彼が立っているところまで歩いてきた。フィンは彼女の手を取ってベンチに坐らせた。ほかのみんなも腰をおろした。炒めたコンビーフを分けてやると、少女はゆっくりと食べはじめた。食べているあいだはずっと下を向いて皿を見つめていた。モンキーが言った。「誰かペリクレスを呼んでこい」

ペリクレスはわれわれの中隊に所属するギリシア人通訳で、イオアニナで見つけたすばらしい男だ。そこで学校の教師をしてたのだが、戦争が始まってからはもう仕事がなくなった。「子供たちが学校に来ないんです」と言っていた。「みんな山にはいって、戦ってるんです。石を相手に算数は教えられません」

そのペリクレスがやってきた。顎ひげを生やし、長くとがった鼻と淋しそうな灰色の眼をした老人だ。口元は見えないが、話すと、ひげが笑っているように見える。

「名前を訊いてくれ」とモンキーが言った。

ペリクレスはギリシア語で話しかけた。少女は顔を上げて答えた。「カティーナ」口にしたのはそれだけだった。

「頼む、ペリクレス」とピーターが言った。「あの村の瓦礫の山に坐って何をしていたのか訊いてくれ」

フィンが言った。「何をしてたっていいだろうが。放っておいてやれよ」

「訊くんだ、ペリクレス」とピーターは言った。

「なんて訊けばいいんです？」とペリクレスは怪訝な顔をして言った。

「おれたちが見つけたとき、あの村の瓦礫の山に坐って何をしていたのか」

ペリクレスはカティーナの隣りに坐り、また話しかけた。やさしい口調で。そんな彼のひげは少し笑っているみたいに、彼女をどうにか助けようとしているみたいに見えた。

彼女はじっと聞いていた。かなり時間が経ったように思え、ようやく彼女が口を開いた。

彼女の口から出てきたのはほんの数語だったが。ペリクレスはそれを訳した。「その石の下に家族が埋まってるんだそうです」

　外では雨がそれまでより激しく降っていた。雨は食堂のテントの屋根を叩き、雨粒が撥ねてテントのキャンヴァス地を揺らした。私は立ち上がってテントの出入口まで行き、フラップをめくった。雨にさえぎられて山々は見えなかったが、山々が四方にあることはわかっていた。山々に笑われているような気がした。われわれの人員の少なさを、パイロットの無駄な勇気を、笑われているような気がした。賢いのはわれわれではなく、山のほうだ。そんな気もした。まさにあの日の朝、山はテペレナがある北のほうに眼をやって、オリンポス山の陰にドイツ軍機が何千と集結しているのを見ていたのではないだろうか。ドドナ山の頂の雪は、ほんとうはたったの一日で解けたのではないだろうか。そして、小さな川となって、滑走路一帯に流れ込んだというのが真実なのではないだろうか。カタフィディ山はわざと頂を雲の中に隠したのではないか。だから、その白い中を飛んでみたいという誘惑に駆られたパイロットが何人もごつごつした山の肩に衝突したのではないか。

　テントのフラップをめくったまま、その場に佇んで雨を眺めていると、山々が敵になったことがはっきりとわかった。そのことが腹の底から感じられた。

　テントの中に戻ると、フィンがカティーナの隣りに坐り、英語の単語を教えていた。どれほどの成果があったのか、それはわからないが、一度フィンが彼女を笑わせたのは今でも覚えている。彼にしてもそれはすばらしいことだった。不意にカティーナが甲高い笑い声をあげたのだ。全員が顔を起こして彼女の顔を見たのも覚えている。彼女の表情はそれまでとはまるでちがっていた。そんな真似はフィン以外誰にもできない。なにしろ陽気な男なのだ。彼のまえで深刻な顔をするなど誰にもできない。陽気で背が高くて黒い髪の男。そんな彼がベンチに坐ってカティーナのほうに身を寄せ、囁き、微笑んでいた。カティーナに英語を教え、笑い方も教えていた。

翌日には空は晴れ渡り、山々がまた姿を現わした。すでにテルモピュレに向かってゆっくりと撤退している隊の哨戒(しょうかい)をしていると、メッサーシュミットとユンカース87が兵士に急降下攻撃を加えているところに出くわした。こっちも何機かは撃ち落としたと思うが、サンディがやられた。彼が墜落するのが見えた。彼の機体がゆっくりと錐揉みしながら落ちていくところを私は操縦席で三十秒ほど身動きもせずに見ていた。パラシュートが開くのを待った。無線のスウィッチを入れ、静かに呼びかけたのを覚えている。「サンディ、すぐに飛び出せ。飛び出すんだ。もう地上だぞ」しかし、パラシュートは開かなかった。

着陸して滑走路をタキシングしていると、カティーナがドクと一緒にテントの外に立っているのが見えた。プリント地の汚れたワンピースを着たとても小さな少女は、そこに立って飛行機が着陸するのを見ていた。フィンが歩いていくと、彼女は言った。「サ・グリシス・クサーナ」

フィンはペリクレスに尋ねた。「なんて言ってる？」

「〝帰ってきた〟」そう言って、彼は笑った。

カティーナは飛行機が離陸するときに指を折って数を数えていたのだが、今、一機足りないことに気づいたようだった。われわれはそんな彼女のまわりに立って、パラシュートをはずしていた。彼女が一機足りないことをわれわれに訊こうとしたそのとき、誰かがだしぬけに言った。「おい、来たぞ」ドイツ軍機が山峡を抜けて飛んでくるのが見えた。平べったく黒いシルエットのかたまりとなって。飛行場を空襲しにきたのだ。

誰もが細長い塹壕（ざんごう）へ走った。カティーナもフィンに腰を抱えられ、われわれと一緒に逃げたのを覚えている。そのあいだじゅう彼女がトラのように抗っていたのも。

塹壕にはいってフィンが手を放したとたん、カティーナはそこから飛び出し、飛行場に向かって走りだした。メッサーシュミットが下降し、機銃掃射をした。あまりの低空飛行にゴーグルの下から突き出たパイロットの鼻まで見えた。彼らの撃った弾丸（たま）はそこらじゅうに土煙を巻き上げ、われわれのハリケーンを一機炎上させた。カティーナは飛行場の真ん中に立っていた。両脚をしっかりと広げ、われわれのほうに背を向け、襲いかかるドイツ軍機を見上げていた。あれほどの幼さも、あれほどの怒りも、あれほどの激しさも私はいまだに見たことがない。彼女は彼らに向かって何か叫んでいるようだった。が、飛行機の立てる音はあまりに大きかった。エンジン音と銃撃音以外何も聞こえなかった。

そのあとすぐに敵機の攻撃は終わった。始まったのと同じくらいいきなり終わった。誰の口も重かった。ただフィンだけが言った。「おれはあんな無謀な真似はしない。絶対に。たとえ頭がいかれていても」

その夜、モンキーは中隊記録を取り出すと、隊員名簿にカティーナの名前を加え、物資担当将校に彼女にテントを支給するよう命じた。一九四一年四月十一日、彼女はこうしてわれわれ中隊の仲間になった。

それから二日のうちに彼女はパイロット全員のファースト・ネームかニックネームを覚えた。さらに、「どうだった？」と「よくやった」のふたつの言いまわしをフィンから教わった。

しかし、それもこれも戦闘が激しかった頃のことだ。だから時間ごとに細かく思い出そうとしても、当時の記憶全体に霞（もや）がかかってしまう。ただ、だいたいのところヴァローナまでブレニム機を護衛していたのは覚えている。そうでなければ、アルバニア国境にいたイタリアのトラック部隊に機銃掃射をしていたか、あるいは、ヨーロッパの飛行機の半数から猛烈な爆撃を受けているというノーザンバーランド連隊のSOSに応じていたか。

どれもはっきりとは思い出せない。あの頃のことではっきりと覚えていることは何もない。ふたつのことを別にすると。ひとつはカティーナのことで、彼女は常にわれわれと一緒にいて、どこにでも行き、そこで会う人々に可愛がられた。もうひとつは、ブルが単独偵察のあと、食堂のテントにはいってきた夜のことだ。ブルはがっしりとした大柄な男で、いくらか猫背ながら、オーク材のテーブルの天板のような胸板の持ち主だった。戦争まえには実に多くのことをやっていたようだが、その大半が生きるも死ぬも同じことだと端(はな)から考えないとできないようなことだった。口数が少なく、まわりに無頓着な男で、部屋やテントにはいってきたときには、いつもまちがってはいってきたように見えた。そのつもりはないのにはいってきてしまったような。その日、彼がはいってきたときには、外はもう暗くなりかけていて、われわれはテントで丸くなって坐り、コイン(ショートゥ・ハーフペニー)あてをして遊んでいたのだが、彼が帰ってきたのはみんなわかっていた。

彼はいくらか申しわけなさそうにまわりを見まわして「よう」と言い、バーカウンターのほうに行って、壜ビールを取り出した。

誰かが言った。「何か見つけたか、ブル？」

ブルは「ああ」と答え、ビール壜を弄びはじめた。

われわれはみんなコインあてのゲームに熱中していたのだろう、そのあと五分ばかり誰も何も言わなかったところを見ると。ややあってピーターが同じことを訊いた。「何か見つけたか、ブル？」

ブルはカウンターにもたれ、ビールを一口飲んではその分ビールがなくなった壜に息を吹き込んで、笛のような音をたてようとしていた。

ピーターが繰り返した。「何か見つけたか？」

ブルは壜を置いて顔を起こすと言った。「イタリア軍のサヴォイア・マルケッティ79を五機見つけたよ」

私は彼がそう言ったことを覚えている。同時に、ゲームが白熱していて、フィンがもう少しで勝ちそうだったことも覚えている。結局、みんなで彼がしくじるところを見ることになるのだが。ピーターが言った。「フィン、どうやらおまえの負けみたいだな」

フィンは言った。「うるさい」

ゲームが終わり、ふと見ると、ブルはまだカウンターにもたれてビール壜を鳴らしていた。

彼は言った。「ニューヨーク港にやってきた懐かしのモーリタニア号の汽笛みたいだろ」そう言って、また壜を吹いた。

「で、79はどうなった？」と私は尋ねた。

彼は吹くのをやめて壜を置いた。

「撃ち落としたよ」

全員がそのことばを聞いた。その刹那、テントにいた十一人のパイロット全員がそれまで各自していたことをぴたりとやめ、いっせいに顔を向けてブルを見た。ブルは一口ビールを飲むとぼそっと言った。「数えてみたら、そのときには十八のパラシュートが開いてた」

その数日後、ブルは哨戒に出て戻らなかった。その後まもなくモンキーはアテネから伝令を受けた。中隊はエレフシスへ向かい、そこからアテネの防衛にあたり、さらに部隊がテルモピュレの隘路を通って退却するのを援護するというのが命令だった。

カティーナはトラックで移動しなければならず、われわれは彼女の旅の無事を軍医に託した。一日がかりの移動になるはずだった。われわれ十四人は山を越えて南に飛び、エレフシスには二時三十分に着いた。そこは滑走路と格納庫のあるまともな飛行場で、とりわけアテネまで車でたった二十五分という地理的な利便性があった。

　あたりが段々暗くなってきたその日の夕べ、私は自分のテントの外に立っていた。両手をポケットに入れて太陽が沈むのを眺め、われわれがやらなければならない仕事について考えていた。考えれば考えるほど、その任務が不可能であるのがわかった。顔を上げてまた山を見た。ここでは山はわれわれにより近かった。肩と肩とをぶつけ合い、四方八方からわれわれのほうに押し寄せていた。裸で高くそびえ立ち、その頭は雲の中にあった。あらゆる場所からわれわれを取り囲んでいた。南だけを残して。そこにはピレウスの港があり、外海があった。山々が前進することを私は知っていた。毎夜、あたりが真っ暗になり、みんなが疲れてテントで寝ていると、前進するのだ。音もたてず、這うように少しずつ近づいてきて、ついに約束の日になると、猛烈な勢いでまえに転がり、われわれを海に押しやるのだ。

　フィンがテントから出てきた。

「あの山を見た？」と私は尋ねた。

「ここの山は神さまでいっぱいだ。なんの役にも立たない」と彼は言った。

「じっとしていてくれればいいんだが」と私は言った。

　フィンはパルネス山とペンテリコン山のごつごつとした大きな岩肌を見上げた。

「この山は神さまでいっぱいだ」と彼は繰り返した。「時々、真夜中に、月が出てると頂上に神さまが坐ってるのが見える。おれたちがパラミシアにいたときには、カタフィディ山にひとり坐ってた。家ほど大きな体だったけど、形はなくて真っ黒だった」

「見たのか？」

「もちろん、見たさ」

「いつ？　いつ見たんだ、フィン？」

フィンは言った。「アテネに行こうぜ。アテネの女たちを拝みにいこうぜ」

次の日、地上勤務の隊員と装備品をのせたトラック隊が飛行場に到着した。カティーナが先頭のトラックの助手席にドクとともに坐っていた。手を振ってトラックを飛び降りると、彼女は笑いながら駆け寄ってきて、ギリシア風のおかしな発音でわれわれの名を呼んだ。今でもまだ汚れたプリント地のワンピースを着ており、額にも相変わらず包帯を巻いていたが、彼女の髪は降り注ぐ陽光に光り輝いていた。

われわれはカティーナのために用意したテントまで彼女を案内し、フィンが前夜アテネでうまく手に入れた木綿の小さな寝間着を見せた。白地の生地で小さな青い鳥が前身頃にいくつも刺繍してある寝間着で、誰もがとても可愛いと思った。カティーナはその場ですぐに着替えたがった。それは寝るときに着るものだということをわからせるのにはずいぶんと時間がかかった。フィンが、その寝間着に着替えてベッドに飛び込んで寝るという複雑な動作を六回も繰り返して、ようやくカティーナも勢い込んでうなずき、理解してくれた。

それから二日間は何も起こらなかった。ただ、北部にいたほかの飛行隊の生き残りがわれわれの部隊に合流した。六機のハリケーンが加わり、われわれのハリケーンと合わせると合計二十機になった。

われわれは待った。

三日目にドイツの偵察機が現われ、ピレウスのはるか上空を旋回した。われわれはすぐに追跡しようとしたが、出撃までに手間取り、撃退することはできなかった。それも無理はない。というのも、われわれのレーダーはきわめて特殊なシステムだったからだ。その当時からすでに時代遅れのものだった。今後、また使われるようになるとも思えない。要するに、村々にも山々にも島々にも国のあらゆるところにレーダー役のギリシア人がいて、彼らはわれわれの小さな作戦司令室の野戦電話につながれていたのだ。

われわれの部隊には作戦将校がいなかったので、みんなで一日ごとに交替で務めていた。私の当番は四日目に来た。その日に起きたことは今でもはっきり覚えている。

朝の六時半に電話が鳴った。

「こちらA‐7」と強いギリシア訛りの声が言った。「こちらA‐7。頭上で爆音が聞こえてます」

私は地図を見た。ヤニタのすぐ横に小さな円が描かれ、その中にA‐7と書かれていた。私は地図の上に重ねてあるセルロイド板に×印をつけ、その横に「爆音」と書いてから〝0631〟と時刻を記入した。

その三分後にまた電話が鳴った。

「こちらA‐4、こちらA‐4。頭上でものすごい爆音がしてます」震える老人の声がそう告げた。「でも、分厚い雲がかかってるんで何も見えません」

私は地図を見た。A‐4はカラヴァ山だった。セルロイド板の上にまた×印をつけ、〝爆音‐0634〟と書いた。それからヤニタとカラヴァを線で結んでみた。その線の先はアテネのほうを向いていた。待機していた隊員に緊急発進するよう合図した。彼らはすぐに飛び立ち、アテネの上空を旋回した。そして、そのあと一機のユンカース88が彼らのはるか上空を偵察飛行しているのを見つけた。しかし、やっつけることはできなかった。われわれのレーダーはそういう代物だったということだ。

その夜、当番を終えると、私は地図にA‐4と書かれた区域の小屋に住む年老いたギリシア人のことを考えずにはいられなかった。きっとカラヴァ山の斜面に腰をおろし、白い雲を見上げ、昼も夜も空から聞こえてくる音に耳をすましているのだろう。私は爆音を聞きつけて電話を手に取ったときの老人の心の昂ぶりを想像した。電話の相手が彼のことばを繰り返してから彼に礼を言うときの老人の喜びも。私はさらにどんな服を着ていて、その服で寒くはないのだろうかと思い、そしてなぜか老人が履いているブーツのことを考えた。それは底がすり減ってなくなり、かわりに樹皮と紙が詰められているような代物にちがいなかった。

それが四月十七日のことだ。その夜、モンキーが言った。「ドイツ軍がラミアに来ているそうだ。ということは、われわれは連中の戦闘機の作戦行動範囲内にいることになる。お愉しみはもう明日にも始まるんじゃないか」

そのとおりになった。明け方に爆撃機隊がやってきた。その上を戦闘機が旋回して援護し、攻撃態勢を取っていた。それでも、爆撃が阻止されないかぎりは何もしないいつものようだった。

こっちは爆撃機が現われる直前に八機のハリケーンを出撃させたはずだ。私はその日は当番ではなかったので、カティーナと並んで外に立ち、地上から戦いを見守った。少女は何も言わず、ただ時折、銀色の小さな点が空高く舞うのに合わせて頭を動かした。

細長い黒煙を吐きながら飛行機が一機、落下していった。私はカティーナを見やった。少女の顔には激しい憎悪が浮かんでいた。それは心の底から憎しみを抱く老婆の憎悪だった。燃えさかる激しい老婆の憎悪だった。少女の顔にそんな老婆の憎しみを見るのはなんとも奇妙なものだった。

その日の戦闘でわれわれはドナルドという曹長を失った。

正午にモンキーがアテネから新たな指令を受けた。首都の人々の士気が下がっているので、飛行できるハリケーンは全機で編隊を組んで、首都の上空を低空飛行し、人々にわが軍がどれほど強く、どれほど多くの飛行機を所有しているのか見せつけろという指令だった。それで十八機が飛び立った。密集編隊を組み、家々の屋根すれすれの低空を大通りに沿って何度か往復した。手をかざして陽射しをさえぎり、頭上を飛び去るわれわれを見上げる人々の姿が見えた。ある通りでは決して顔を上げようとしない老婆がいた。その通りには手を振っている者がひとりもいなかった。みなあきらめて運命を受け入れようとしていた。誰ひとり手を振っていなかった。彼らの顔が見えなくても私にはわかった。われわれがすぐそばを飛んでも彼らには嬉しくもないのだろう。

われわれはそのあとテルモピュレに向かった。その途中、アクロポリスの上空を二度ほど旋回した。それほど近くでアクロポリスを見たのは初めてだった。

小さな丘があり――丘というより塚のようだったが――そのてっぺんに白い円柱が立っていた。かなりの数の円柱が間隔を空けて整然と美しく置かれ、陽の光を浴びて白く輝いていた。それを眺めながら私は思った――いったいどうやったらあれほどたくさんの柱をあんなにも優美に配置できるのだろう？

さらに北に進んで雄大なテルモピュレの上空に差しかかると、車両の長い列が海のある南のほうにゆっくりと進んでいるのが見えた。時折、砲弾が谷に落ちて白い煙がぱっと上がった。道路を砲弾が直撃し、トラックの列が途切れるのが見えた。が、敵機の姿はどこにもなかった。

基地に帰還するとモンキーが言った。「ただちに給油してすぐまた空に戻る。敵はわれわれが地上にいるタイミングを見計らって攻撃してくるはずだ」

その警告は役に立たなかった。着陸して五分後、ドイツ空軍は上空から襲いかかってきた。そのとき私は第二格納庫の控え室でフィンとパディという名のくしゃくしゃ頭の大男と話をしていたのを覚えている。格納庫の波形鋼板を葺いた屋根に弾丸(たま)があたる音がした。それに続いて爆発音が聞こえた。われわれ三人は控え室の真ん中にあった木製の小さなテーブルの下に飛び込んだ。が、その拍子にテーブルがひっくり返ってしまった。パディがテーブルをもとに戻し、また下にもぐり込んで言った。「テーブルの下っていうのは特別な場所だよ。テーブルの下にいないと、安全な気がしない」

フィンが言った。「おれは全然安全な気はしないね」彼は床に坐り込んで、弾丸（たま）が控え室の波形鋼板の壁に穴をあけるのを眺めていた。弾丸（たま）が壁にあたるたびにやけに大きな音が鳴り響いた。

そのあとわれわれは勇気を奮い起こして立ち上がると、ドアから外の様子をうかがった。メッサーシュミット１０９の大編隊が上空を旋回し、一機また一機と旋回からはずれて格納庫をめざして急降下し、機銃掃射をしていた。ドイツ空軍はそれ以外の攻撃も仕掛けていた。風防（キャノピー）側面のスライド式の窓を開け、通過する際にそこから小さな爆弾を落としていた。爆弾は地面に落ちると爆発し、大量の大きな鉛玉を四方八方に盛大にばら撒く。さっき聞こえた爆発音はその音だった。鉛玉が格納庫にあたると、ものすごい音がした。

細長い退避壕に退避していた整備兵たちが立ち上がり、メッサーシュミットを小銃で撃っていた。できるだけ速くボルトを引いては連射していた。引き金を引くたびに大声で罵声を発しながら。分別もなく望みもなく戦闘機を狙って撃っていた、ただの小銃で。しかし、エレフシスにはそれ以外の防空手段はなかった。

メッサーシュミットの大編隊がいきなり機首を反転させ、帰還しはじめた。ただ一機を残して。その一機は滑空しながら降下し、飛行場にすべらかに胴体着陸した。

それからはてんやわんやの大騒ぎになった。まわりにいたギリシア人たちが雄叫びをあげながら消防車に飛び乗り、不時着したドイツ軍機に向かった。と同時に、さらに多くのギリシア人が飛行場のあちこちからわらわらと現われ、ドイツ軍パイロットの血を求めて怒鳴り、叫び、わめき立てはじめた。まさに復讐に燃えた暴徒だった。無理もないことだが、われわれにはほかにも考えなければならないことがあった。パイロットを生きたまま捕らえて尋問したかった。

滑走路にいたモンキーがわれわれに向かって呼ばわった。フィンとパディと私は、モンキーと競い合うようにして、五十ヤード先に停まっていたステーションワゴンをめざして走った。モンキーが電光石火の早業でヴァンに乗り込むとエンジンをかけた。そして、われわれ三人がドアの下のステップに飛び乗るのと同時に車を出した。ギリシア人たちを乗せた消防車はのろくて、まだメッサーシュミットの二百ヤード手前にいた。ほかの暴徒たちが走ってたどり着くのはまだまださきだった。モンキーはステーションワゴンのスピードを上げ、消防車に五十ヤードほどの差をつけて現場に着いた。

われわれはヴァンから飛び降りると、メッサーシュミットに駆け寄った。操縦席に坐っていたのは、ピンク色の頰にブルーの眼、ブロンドの髪の若者だった。私はこれまであれほどの恐怖を顔に浮かべた人間を見たことがない。

若者は英語でモンキーに言った。「脚を撃たれた」

われわれは操縦席からパイロットを引っぱり出し、ステーションワゴンに乗せた。ギリシア人たちはわれわれを取り囲むようにして見守っていた。小銃の弾丸(たま)が彼の脛の骨を粉々にしていた。

中隊本部に戻ると、パイロットをドクに引き渡した。ふと見るとカティーナがそばにいた。ドイツ人の顔をじっと見ていた。九歳の少女がじっと佇み、ドイツ人をじっと見つめていた。口を利くこともできず、動くことすらできないでいた。ワンピースのスカートの部分を両手でぎゅっと握りしめ、パイロットの顔を凝視していた。「これは何かのまちがいよ」そう言っているような気がした。「これって何かのまちがいでしょ？この人はピンクのほっぺたをしてて、髪はブロンドだし、眼だって青いわ。こんな人があいつらの仲間のはずがない。だって、普通の人じゃないの」彼女は担架に乗せられて運ばれていくパイロットを見送ると、われわれに背を向け、草の上を走って自分のテントに戻っていった。

その日の夕食。私は油で炒めたイワシは食べたが、パンもチーズも咽喉を通らなかった。この三日間、胃が気になっていた。手術を受けるまえとか、歯医者で抜歯されるのを待っているときに襲ってくる、あのうつろな気分になっていた。朝起きたときから夜寝るまで三日間ずっとそんな感じだった。ピーターが向かいの席に坐っていたので、彼にそのことを訊いてみた。

「おれなんか一週間続いてる」と彼は言った。「だけど、腹にはいいことだ。通じがよくなる」

「ドイツ軍機が肝油みたいな働きをしてるんだよ」一番端に坐っていたフィンが話に乗ってきた。「肝油ってすごく体にいいんだから。だろ、ドク？」

ドクは言った。「きみたちの場合はその飲みすぎかもしれない」

「おれはそれだよ」とフィンは言った。「ドイツ野郎の肝油を飲みすぎた。瓶に貼ってあった説明書きをちゃんと読まなかったんだ。就寝(リタイア)まえに二錠って書いてあったのに」

ピーターが応じて言った。「おれはもう引退(リタイア)したいよ」

夕食後、われわれ三人はモンキーと一緒に格納庫に行った。モンキーが言った。「機銃掃射が気にはなるけれど、ドイツ軍は絶対に格納庫を攻撃してこない。なぜなら、格納庫の中には何もないってことを知ってるからだ。で、今からわれわれ四人で四機運んで、第二格納庫に隠しておこうと思うんだが」

いいアイディアだった。通常、ハリケーンは飛行場の周囲のあちこちに分散して駐機させる。ずっと飛ばしておければいいのだが、そういうわけにもいかない。その結果、一機ずつ敵に狙い撃ちされていた。われわれ四人はそれぞれハリケーンに乗り込み、タキシングして第二格納庫に入れた。全機格納すると、四人で力を合わせて巨大なスライドドアを閉めて鍵をかけた。

翌朝、太陽が山の背後から姿を見せるまえにユンカース87の一群が襲来し、第二格納庫は吹き飛ばされ、あっさりと地表から消え去った。彼らの爆撃は精確で、両脇の格納庫は被弾すらしなかった。

その日の午後、ピーターがやられた。ハルキスという村がユンカース88に爆撃されているという知らせを受けて彼が出撃したのだが、そのあと二度と彼の姿を見ることはなかった。陽気で笑顔を絶やさない男だった。ケント州の農場にいる母親が送ってくる淡いブルーの細長い封筒をポケットにしまい、それを肌身離さず持っているような男だった。

この中隊に配属されて以来、私はいつもピーターとふたりで同じテントを使っていたのだが、その夜も私がベッドにはいったあと、ピーターがテントに戻ってきた。信じてくれなくてもいい。そもそも信じてもらえるとは思っていない。それでも、これはほんとうの話だ。

いつも私のほうが彼よりさきにベッドにはいっていた。というのも、われわれが使っていたのは、ふたりの人間がすれちがうこともできないほど狭いテントだったからだ。ピーターは毎晩二分か三分ぐらい遅れてテントに戻ってきた。その夜、私はベッドに横になって考えた。今夜ピーターはテントに戻ってこない。あいつの体はどうなったんだろう？　荒涼とした山の中腹に墜落して、ハリケーンの残骸の中に埋もれてしまってるんだろうか？　それとも海の底に横たわっているのか。私としては彼にふさわしい最期であったことを祈るしかなかった。

　ふいに何かが動く気配がした。テントのフラップが開き、また閉じた。が、足音はなかった。やがて彼が自分のベッドに坐る音がした。この数週間、毎晩聞いていたのと同じ音で、まったくいつもと変わらなかった。どさっという音、簡易ベッドの木製の脚が軋む音。フライングブーツを片方ずつ脱いで地面に放る音。いつも片方を脱ぐのにもう一方を脱ぐ三倍の時間がかかる。そのあと毛布をめくるかすかな音と、ちゃちな造りのベッドが男ひとりの体重を支えて軋む音。

　毎晩そういう音を聞いていた。同じ音を同じ順番で。その夜はベッドの上で上体を起こして声をかけた。「ピーター」暗いテントの中、私のその声はやけに大きく響いた。「やあ、ピーター。今日はついてなかったな」返事はなかった。

私は気味悪くも怖くもなかったが、指で自分の鼻に触れて、ちゃんと自分がそこにいるのを確かめたのを覚えている。そのあとは疲れていたので眠りに落ちた。

翌朝、隣りのベッドを見ると、人が寝た跡が残っていた。しかし、私はそのベッドをフィンにも見せなかった。ただ毛布をもとの位置に戻して、枕をふくらませた。

われわれがアテネ防空戦を戦ったのはその日、一九四一年四月二十日のことだ。今後あれほど激しい格闘が繰り広げられることはないだろう。最近では、飛行機は航空団や飛行中隊といった編隊を組んで飛び、攻撃も指揮官の指令どおりに整然と系統だっておこなわれるからだ。戦闘機乗りがひとりで激しい空中戦を繰り広げるなど、今日(こんにち)ではまずありえない。しかし、アテネ攻防戦では、十五機のハリケーンが三十分にわたり、百五十機から二百機のドイツ軍爆撃機と戦闘機を相手に美しくて長い空中戦を繰り広げた。

爆撃機が姿を見せたのはその日の昼過ぎだった。うららかな春の日で、太陽がほんとうの夏の暖かさを仄めかした最初の日だった。青い空のあちこちに小さな雲が浮かび、その青空を背景に山々が黒々とくっきりとそびえていた。

ペンテリコン山もその頂を雲に隠されてはいなかった。その山は近づきがたい雰囲気をかもして、厳然とわれわれのまえに立っていた。われわれの行動のすべてがほぼ無駄なことと知りつつ、われわれの動きのすべてを監視していた。人間は愚かであり、そのためにこそ死ぬべき運命にある。一方、山や川は永遠に生きつづけ、ときの流れにさえ気づかない。はるか昔、ペンテリコン山はテルモピュレを見下ろし、一握りのスパルタ人が峠を越えようとする侵入者に立ち向かい、生きている者がひとりもいなくなるまで戦ったのを見たのではなかったか。ペルシア軍がマラトンの戦いでアテナイ軍に粉砕されるのも見たのではなかったか。テミストクレス率いるアテナイ軍が自陣の海岸から敵を追い払い、二百艘以上もの船をサラミス湾に沈めるさまも見たのではなかったか。山はこうしたこと、さらに多くのことを見てきた。そんな山が今はわれわれを見下ろしている。その眼にわれわれなど無に等しい。その表情にはほとんど軽蔑の色すら浮かんでいる。一瞬、私には神々の笑い声が聞こえたような気がした。神々にはわかっているのだ、われわれが戦力不足であることも最後には負けることも。

爆撃機が襲来したのはちょうど昼食を終えた頃だった。眼にしたときにはもう無数の敵機がやってきていた。見上げると、空一面が小さな銀色の点で埋め尽くされ、百機もの飛行機のそれぞれの翼の上で太陽の光が躍り、きらめいていた。

われわれは全部で十五機のハリケーン機で空を駆ける嵐のように戦った。このような戦闘の中では大したことは覚えていられない。それでも、見上げた空に無数の黒い点を見たのは覚えている。これが飛行機であるはずなど絶対にないと思ったのも覚えている。

世界じゅうの飛行機が集まってもこんなにあるはずがないのだから、と。

そんな点の群れが襲いかかってきた。私はより小さく旋回できるよう、補助翼(エルロン)を使ったことだけは覚えているが、ほかには自然と心に残ったひとつふたつの些細なことしか記憶にない。私の右翼前方から攻撃してきたメッサーシュミットの機銃が火を噴いたこと。ドイツ人のパラシュートが開いたとたんに火に包まれたこと。私の横を飛びながら、指で下品なサインを寄越したドイツ人がいたこと。メッサーシュミットに衝突したハリケーンがあったこと。パラシュートで降下中の男にぶつかった飛行機があったこと。その飛行機は狂ったようなすさまじい勢いで錐揉みしながら墜落していった。パラシュートの男を左翼に引っかけたまま。戦闘機を避けようと進路を変えた爆撃機二機が衝突したこと。衝突の煙と破片の中から投げ出された男が両腕両脚を広げて宙を舞った。その姿を見たのは鮮明に覚えている。ひとつ言っておくと、そのときの戦闘で起きなかったことなど何もない。あらゆることが起きた。メッサーシュミット九機に追尾された一機のハリケーンが、パルネス山の頂上で急旋回し、そのあといきなり空には何もなくなった。そんなふうに見えたのを覚えている。もはや視界には一機の影もなかった。戦闘が終わったのだ。私は機首を返し、エレフシスを目指した。下を見下ろすと、アテネやピレウス、ピレウス湾から南の地中海へと続く海岸線が見えた。爆弾が投下されたピレウス港では埠頭から煙と火の手が上がっていた。沿岸の細い平地では、焚き火のように見える火から黒い煙が細長い柱のように昇り立ち、東へとたなびいているのがところどころに見えた。撃墜された飛行機から上がる煙だ。どれもハリケーンの煙でないことを祈るしかなかった。

そのときユンカース88に出くわした。急襲から引き揚げる際に遅れた機で、爆撃機の最後の一機だった。機体にトラブルを抱え、片方のエンジンから黒い煙をたなびかせていた。私は銃撃したが、それがことさら意味のあるものになったとは思えない。どっちみち相手は降下しつづけていた。飛んでいるのは海の上で、陸にたどりつけないのは眼に見えていた。実際、できなかった。海岸から二マイルほどの紺碧のピレウス湾にすべらかに胴体着水した。私はそのあとを追ってその上空を旋回し、搭乗員が機体を離れて安全に救命ボートに乗り移るのを確認できるまで待った。

ゆっくりと機体が沈みはじめた。機首が海水に沈み、後部が宙に突き出た。が、乗員の姿はなかった。そこでいきなりまえぶれも何もなく、後部の機銃が火を噴いた。敵が後部の機銃を使って撃ってきたのだ。その弾丸(たま)は私の機の右翼に小さなぎざぎざの穴をあけた。私はすぐさまその場を離れながら叫んだのを覚えている。操縦席の風防(キャノピー)をうしろにスライドさせて怒鳴った。「やってくれたな、このクソ野郎、みんなで仲よく溺れやがれ」爆撃機はやがてゆっくりと沈んでいった。

帰還すると、全員が格納庫のまわりに立って、撃墜した敵機の数を数え合っていた。カティーナは箱の上に腰かけていた。涙がその頬を伝っていたが、声をあげて泣いているわけではなかった。フィンがそばにひざまずき、そっとやさしく話しかけていた。彼女には英語が通じないことも忘れて。

その戦闘でわれわれはハリケーンの三分の一を失った。一方、ドイツ軍の損失はそれ以上だった。

火傷を負った者に包帯を巻いているドクが顔を上げて言った。「あんたたちにも聞かせたかったよ。飛行場にいたギリシア人は爆撃機が撃墜されるたび、大歓声をあげてた」

そんな立ち話をしていると、トラックがやってきた。ギリシア人の男が降り立ち、ばらばらになった死体を積んできたと言った。「腕にこの時計がはめられてました」と男は言った。それは蛍光文字盤がついた銀時計で、裏側にイニシャルが刻まれていた。われわれはトラックの中は見なかった。

かくしてハリケーンは残すところ九機となった。

その日の夜、イギリス空軍のお偉方がアテネからやってきて言った。「明日の未明、諸君には全員メガラに飛んでもらう。ここから海岸沿いに十マイルほどくだったところだ。ちょっとした草地があり、そこに着陸できる。陸軍が今、夜を徹して作業をしている。巨大なローラー車が二台あるんで、それで地均しをしているところだ。着陸したらすぐに草地の南側にあるオリーヴ林の中に機体を隠せ。地上班は現在さらに南のアルゴスに向かっており、あとで諸君と合流することになるが、一日か、二日ならメガラからでも出動できるだろう」

フィンが言った。「カティーナはどこにいる？　ドク、カティーナを探して、無事にアルゴスに着くまで面倒を見てくれ」

「わかった」とドクは答えた。ドクが信頼できる男であることはみんなが知っていることだった。

翌日の早朝、われわれはまだ暗いうちに離陸し、十マイル離れたメガラの小さな草地まで飛んだ。着陸すると、オリーヴ林の中にハリケーンを隠し、木の枝を折って機体を覆った。それがすむと、小高い丘の斜面に腰をおろし、命令を待った。

太陽が山並みの上に昇り、ふと草地の先に眼をやると、メガラの村からギリシア人の住民が大挙して現われ、われわれのほうに向かってくるのが見えた。何百人といた。大半は女と子供で、全員が急ぎ足で滑走路に向かっていた。

「いったい何事だ?」とフィンが言った。私とフィンは小高い丘にいたのだが、身を乗り出して、村人たちはいったい何をするつもりなのか、訝しく思いながら見守った。

彼らはいったん草地の周辺に散らばったが、やがてヒースとシダを集めはじめた。そして、両腕いっぱいに摘んだ植物を滑走路まで運ぶと、長い列をつくり、地面に撒きはじめた。滑走路をカムフラージュしようとしているのだ。着陸しやすいようにローラーで地面を平らにしたはいいが、その跡が残り、上空から眼につきやすくなったことから、ギリシア人たちは老若男女を問わず、みんな村から出てきて、なんとかしようと行動を起こしてくれたのだ。誰が言いはじめたのかは今もわからない。彼らは滑走路いっぱいに横一列になり、ゆっくりまえに進みながらヒースを撒いた。フィンと私も丘からおり、彼らに交じって歩きはじめた。

年配の男女も少なくなかった。みなとても小柄で、浅黒い顔には皺が深く刻まれ、とても悲しげな表情を浮かべていた。そんな彼らがゆっくりとヒースを撒いているのだった。われわれが横に並ぶと、作業の手を休めて微笑み、われわれには理解できないギリシア語でなにやら言った。フィンは子供たちのひとりから小さなピンク色の花を渡され、どうしていいかわからないまま、それでも花を手にして歩きつづけた。

そのあとわれわれは丘の斜面に戻り、そこでじっと待った。ほどなく野戦電話が鳴った。あの将官クラスの男からだった——誰かがひとり、ただちにエレフシスに戻って重要な指令と金を受け取ること、中隊はその日の夜にメガラの小さな草地を発ち、アルゴスに転進すること。それがお偉方の命令だった。仲間のみんなが私に言った、全員そろってアルゴスに行けるよう、私が金を持って戻ってくるまで待っている、と。

滑走路ではふたりの陸軍兵士がまだ地均しをしていたのだが、そのふたりにも、ドイツ軍の手に渡ることがないようにローラー車を破壊するようにという命令が同時に伝えられた。今でも覚えている。私がハリケーンに乗り込もうとしたら、二台の巨大なローラー車が草地の上をもう一方のローラー車に向かって突進していくのが見えた。ふたりの兵士は衝突する寸前、ローラー車から飛び降りた。すさまじい音がした。ヒースを撒いていたギリシア人はみな作業の手を止め、顔を上げた。そうしてしばらく石のように身を固くして、ローラー車をじっと見ていた。そのときひとりが駆けだした。年老いた女が村に向かって一目散に走りだしたのだ。その老女がなにやら叫んだ。そのとたん、滑走路にいた全員が男も女も子供も恐怖に駆られたようだった。いっせいに女のあとを追いはじめた。私は飛行機を降りて彼らのそばに駆け寄り、釈明したかった。残念ながら、われわれにできることはほかには何もないのだと。われわれはあなた方のことを決して忘れない、いつの日か必ず戻ってくる。そう伝えたかった。しかし、思ってもしかたのないことだった。うろたえ、怯えきった彼らは自分たちの家に向かってまっしぐらに走っていた。年老いた男たちさえ決して足を止めようとしなかった。やがて全員の姿が見えなくなった。

私は離陸して、エレフシスまで飛び、まさに死んだような飛行場に着陸した。人っ子ひとりいなかった。ハリケーンを停め、格納庫に向かったところで、爆撃機がまたやってきた。彼らが自分たちの仕事を終えるまで私は塹壕に身をひそめた。やがて立ち上がると、小さな作戦司令室に向かった。机の上には電話がまだ置かれたままになっていた。なぜかわからないが、私は受話器を取り、「もしもし」と呼びかけた。

強いドイツ訛りの声が返ってきた。

「聞こえるか？」と尋ねると、その声は答えた。

「ああ、聞こえる」

「よし」私は言った。「よく聞くんだ」

「ああ、続けてくれ、どうぞ」

「こちらはイギリス空軍だ。いつの日かわれわれは戻ってくる。わかったか。いつの日か必ず戻ってくる」

それだけ言うと、電話のコードを差込口から引きちぎり、閉めきったガラス窓めがけて電話機を投げつけた。ガラスが割れ、電話機は外に飛んでいった。外に出ると、ドアのそばに平服を着た小柄な男が立っていた。男の片手にはリヴォルヴァー、もう一方の手には小さなバッグが握られていた。

「何か探してるのか？」と男はかなり流暢な英語で訊いてきた。

私は答えた。「ああ、重要な指令と金だ。アルゴスまで持って帰ることになっている」

「それならこれだ」男はそう言って、私に鞄を差し出した。「幸運を祈る」

メガラに戻ると、沖合でギリシアの駆逐艦二隻が炎上し、沈没しかかっているのが見えた。滑走路の上空を旋回すると、仲間がタキシングをして次々と離陸しているのがわかった。われわれは全員そろってアルゴスに向けて出発した。

アルゴスの着陸地点はこぢんまりとした草地で、葉の生い茂ったオリーヴの木立ちに囲まれていた。われわれはタキシングをして木立ちの中に機体を隠した。草地にどれほどの長さがあったのか正確には覚えていないが、着陸するのは楽ではなかった。まずプロペラをまわしたまま低空飛行で進入し、車輪が接地した瞬間ブレーキをかけ、機体がつんのめりそうになったら、ブレーキを何度もゆるめたり利かせたりしなければならなかった。それでも着地点を見誤って木にぶつけたパイロットはたったひとりだけだった。

地上班はもう到着していた。飛行機から降りると、カティーナが駆け寄ってきて、ブラックオリーヴの実がはいったバスケットを差し出し、われわれの腹を指差して、食べろと身振りで示した。

フィンが屈んで少女の髪をくしゃくしゃにしながら言った。「カティーナ、そのうち一緒に町へ行って、おまえに新しい服を買ってやらなきゃな」少女は笑みを返した。彼がなんと言ったのかはわかっていなかっただろうが。われわれはブラックオリーヴを食べはじめた。

まわりを見まわすと、林の中は飛行機だらけだった。木々のいたるところに機体が隠されていた。どういうことなのか尋ねると、ギリシア人が自分たちの空軍機をすべてアルゴスまで運んできて、この小さな林の中に隠したのだという。どれもかなり古い機種で、五年以上まえのものばかりだった。いったい何十機あるのか、私には見当もつかなかった。

その夜は木々の下で野宿した。カティーナを大きな飛行服でくるみ、飛行帽を枕がわりにしてやった。彼女が寝つくと、われわれはブラックオリーヴをつまみに大樽に入れられたレッツィーナを飲んだ。ただ、みんなとても疲れていたのですぐに眠りに就いた。

次の日は一日じゅう、兵士たちを乗せて海のほうへ向かうトラックの隊列が延々と続いた。われわれはできるだけその隊列の上空を飛んで護衛した。

ドイツ軍はひっきりなしにやってきて、近くの道路を爆撃したが、われわれの飛行場はまだ見つかってはいなかった。

その日の午後遅くに指令を受けた——飛行できるハリケーンは全機、六時に飛び立ち、重要な輸送任務を掩護せよ。われわれはその時点で残っていた九機全機に給油して準備を整え、六時三分前には飛行機をオリーヴの林から飛行場へタキシングした。

まず二機が飛び立ったが、離陸したとたん、空に何か黒いものが現われ、二機とも攻撃されて炎に包まれた。上空を見渡すと、メッサーシュミット110が少なくとも五十機はいて、われわれの飛行場の上を旋回していた。見ているうちにも何機かが機首を下げて降下し、地上で待機していた残りの七機のハリケーンに襲いかかった。

あっというまの出来事で、なすすべもなかった。最初の攻撃でわれわれの飛行機は一機残らず破損した。ただ、不思議なことに負傷したパイロットはひとりだけだった。が、いずれにしろ、もはや飛び立つこともできず、われわれは急いで飛行機を降りて、負傷したパイロットを操縦席から引きずり出すと、一緒に細長い塹壕まで走った。塹壕は広範囲にわたっており、深さもあり、地中をジグザグに這っていた。ギリシア人が掘ったものだ。

メッサーシュミットには余裕があった。地上からの反撃も上空からの反撃も何もなかったのだから。フィンがリヴォルヴァーを撃っていた以外何も。

機銃掃射されるのは気分のいいものではない。敵機が翼に機関砲を搭載しているとなればなおさら。身をひそめられる深い塹壕がなければ未来はない。ドイツ軍のパイロットたちは、おそらく悪くないジョークとでも思ったのだろう、どういうわけか、飛行機にとどめを刺すまえに塹壕を襲ってきた。最初の十分間は、上空の攻撃機と平行に走っている塹壕にいるときに襲われないよう、塹壕の中を行ったり来たり死にもの狂いで走りまわった。めまぐるしくも恐ろしい十分——みんなが「また来るぞ!」と叫び、必死に曲がり角まで走って塹壕の別の区画へ逃れる十分——だった。

やがてドイツ軍は矛先をハリケーンに向けた。同時に、オリーヴの林の中に隠されていたギリシア人の古い飛行機も標的にし、手ぎわよく順番に一機ずつ燃やしていった。その音たるやすさまじく、いたるところに——木々のあいだにも、岩の上にも、草の上にも弾丸(たま)が降り注いだ。

塹壕のへりからそっと顔を出してのぞいてみた。鼻のすぐ先に小さな白い花が咲いていた。そのことを覚えている。真っ白な花で、花びらが三枚あった。飛行場の反対側に駐機していた私のハリケーンをめがけて、三機のドイツ軍機が急降下したのがその花の向こうに見えた。それも覚えている。自分が敵に向かって何か叫んだのも覚えている。なんと叫んだのかまでは覚えていないが。

そのとき、いきなりカティーナの姿が見えた。彼女は飛行場の端から飛び出し、激しい銃撃と燃えさかる機体の真っ只中に突っ込んでいった。全速力で走っていた。一度つまずいて転んだものの、すぐに起き上がってまた走りだした。そして、立ち止まって空を見上げると、頭上を通過する戦闘機に向かって両の拳を突き上げた。

彼女はそこに立ち尽くした。メッサーシュミットが一機、機首を反転させ、低空飛行でまっすぐ彼女に向かってきた。それを見たことを覚えている。こんなに幼い女の子が撃たれるわけがないと思ったことも覚えている。飛行機が近づくと同時に機銃が火を噴くのを見たことも。ほんの一瞬にしろ、彼女はじっと立ったまま飛行機とまっすぐに向かい合った。それも覚えている。彼女の髪が風に吹かれていたことも。

彼女は倒れた。

次の瞬間に見たことは決して忘れないだろう。いたるところから、まるで魔法のように、人々が現われたのだ。身をひそめていた塹壕から湧き出ると、怒り狂った暴徒さながら飛行場になだれ込み、飛行場の真ん中に倒れ、ぴくりとも動かない小さな塊をめざして駆けだしたのだ。みんな身を屈め、全速力で走っていた。私も塹壕を飛び出して、彼らに加わったのを覚えている。何も考えず、ただまえを走る男のブーツを見ていたことも覚えている。その男はすこしがに股で、丈が長すぎる青いズボンを穿いていた。

フィンが最初に少女のところにたどり着き、すぐあとにウィッシュフルと呼ばれていた軍曹が続いたのも覚えている。ふたりがカティーナを抱え、塹壕に向かって走りだしたのも。彼女の脚に眼をやると、血まみれの骨だけが見えた。血は胸からも噴き出し、プリント地の白いワンピースが血に染まっていた。ほんの一瞬だけ彼女の顔も見た。オリンポス山の頂に積もった雪のように真っ白だった。

私はフィンの横を走った。走っているあいだ、フィンは「クソ野郎、クソ野郎、このシラミたかりのクソ野郎ども」と言っていた。塹壕に戻ってあたりを見まわすと、もう銃撃の音がしなくなっていた。そのことに気づいたのを覚えている。ドイツ軍はいなくなっていた。

フィンが「ドクはどこだ?」と呼ばわった。ドクはいきなり現われた。気づいたときにはもうわれわれのそばに立ち、カティーナを見ていた。彼女の顔を見つめていた。

それからそっと彼女の手首に触れ、視線を上げずに言った。「もう死んでる」

フィンたちは小さな木の下に彼女の体を横たえた。振り向くと、そこらじゅうで数えきれないほどの飛行機が炎に包まれ、燃えていた。すぐ近くで私のハリケーンも燃えていて、炎がエンジンのまわりで躍り、翼を舐めていた。私はなすすべもなくそのさまを見つめた。

突っ立ったまま、しばらくじっと炎を見つづけていると、炎は濃い赤に変わった。その奥にもっとずっと勢いのある炎が見えた。それは形をなくして煙を上げる残骸ではなく、ギリシアの人々の心の中で燃え立ち、くすぶっている炎だった。

そのまま見つめていると、火の中心から赤い炎が弾け飛び、明るくて白い熱気がまぶしく輝いた。いかなる色もともなわず。

さらに見つめていると、まぶしさが消え、柔らかな陽光のような黄色になって、その光を通した向こうに、陽の光に髪を輝かせた幼い少女が飛行場の真ん中に立っている姿が見えた。少女は立ったまま雲ひとつない澄んだ青空をしばらく見上げていた。それから振り返って私を見た。私のほうを向いた少女のプリント地の白いワンピースは、濃く赤い血の色に染まっていた。

気づくと、もう火も炎も消えていた。眼のまえにあるのは、まだ熱は帯びているものの、ひしゃげて燃え尽きた機体の残骸だった。私はかなり長いことその場に立っていたのにちがいない。

昨日は美しかった

Yesterday was Beautiful

　彼はしゃがんで足首をさすった。歩いていてくじいてしまい、腫れ上がり、くるぶしの骨が見えなくなっていた。立ち上がると、あたりを見まわした。ポケットに手を入れ、煙草の箱を探ると、一本取り出して火をつけた。手の甲で額の汗を拭い、通りの中央に立ってまたあたりを見まわした。

「くそ。誰かいてもおかしくないのに」と彼は声に出して言った。自分の声を聞くと、いくらか気分がよくなった。

　彼は歩きつづけた。爪先をついて傷めたほうの足を引きずって歩いた。次の角を曲がると海が見えた。道が崩れた住宅の瓦礫のあいだを這って、弧を描きながら海まで坂をくだっているのも見えた。海は黒くておだやかだった。遠方に本土の丘陵の稜線がくっきりと見えた。彼は見当をつけた。本土まではほぼ八マイル。また屈んで足首をさすった。「くそ。まだ生きているやつがいてもおかしくないのに」しかし、どこからもどんな音も聞こえてこなかった。まわりの建物は静寂そのもので、村全体がまるで千年前に滅びた市(まち)ででもあるかのようだった。

いきなり小さな音がした。誰かが砂利の上で足を動かしたような音で、見まわすとひとりの老人がいた。箱型の細長い水桶の脇の日陰で、石の上に坐っていた。それまでその老人に気づかなかったことが奇妙に思えた。

「ごきげんよう、こんにちは(イャーサス)」とパイロットは声をかけた。ギリシア語は北部のラリッサとイオアニナで現地の人々から教わっていた。

老人はゆっくりと顔を起こし、肩は動かさず、頭だけを動かしてパイロットのほうを向いた。顎に灰色がかった白いひげを生やし、つばのない布製の帽子をかぶり、灰色の地に細くて黒い縞のあるシャツを着ていた。老人はパイロットを見た。が、まるで盲人のようだった。何かに眼を向けてはいても何も見ていなかった。

「ご老人、お会いできて嬉しいです。この村にはほかにも人はいますか?」

返事はなかった。

パイロットは傷めた足を休めようと細長い水桶のへりに腰をおろした。

「私はイングレーゼ（イタリア語で〝イギリス人〟の意。ギリシア語では〝アングロス〟）です。パイロットです。飛行中に撃たれて、パラシュートで降りてきたんです。私はイングレーゼです」

老人は頭をゆっくりと上下に動かして静かに言った。「イングレーススス。あんたはイングレーススス」

「そうです。舟を持ってる人を探してるんです。本土に戻りたいんです」

少しの間があり、老人は言った。まるで眠りながら話しているかのようだった。「やつらは四六時中やってくる。ドイツ人(ゲルマノイ)は、やつらは、四六時中やってくる」その声にはどんな感情も込められていなかった。老人は空を見上げ、それからパイロットのほうを向くと、今度はパイロットの背後の空を見上げて言った。「やつらは今日またやってくる。またすぐやってくる」その声に不安なところはなかった。感情のかけらもなかった。

「わからんね。どうしてやつらはおれたちのところに来るのか」と老人は言いさした。

パイロットは言った。「たぶん今日はもう来ないでしょう。もう時間が遅いから。今日の任務はもう終わってると思いますよ」

「わからんのだよ、イングレーゼ、どうしてやつらはおれたちのところに来るのか。ここには誰もいないのに」

パイロットは言った。「舟を持ってる人を探してるんです。本土まで連れていってくれる人を。舟を持ってる人は村にいませんか?」

「舟?」

「ええ」パイロットの質問について考えるいっときが過ぎて、老人は言った。

「そういう男はいる」

「その人に会えますか? どこに住んでるんです?」

「村には舟を持ってる男がいる」

「その人の名前を教えてください」

老人はまた空を見上げた。「ヨアニスというのが舟を持ってる」

「ヨアニス。苗字は?」

「ヨアニス・スピラキス」と言って老人は笑みを浮かべた。その名が老人には何か意味があるようだった。

「その人はどこに住んでるんです? あれこれ訊いてすみません」

「住んでるところ?」

「はい」

老人はまた考え込んだ。それから、通りの先を見下ろし、海のほうを見やった。

「ヨアニスは海に一番近い家に住んでいた。だけど、その家はもうない。ゲルマノイの空爆を受けたんだ、今朝早くに。まだ暗いうちに。ほら、もう家はないだろ？　もうなくなってしまったんだよ」

「だったら、その人は今はどこにいるんですか？」

「今はアントニナ・アンゲロウの家にいる。あそこだ、あの窓枠の赤い家だ」

「ありがとうございます。これから行って、舟の持ち主に会ってみます」

「彼は子供の頃から」と老人は話を続けた。「ヨアニスは子供の頃から舟を持ってた。白くて、上のほうに青い線が引いてある舟だ」老人はまた笑みを浮かべた。「今は家にはいないんじゃないかな。それでも、彼のカミさんがいるだろう。アナがいるだろう、アントニナ・アンゲロウと一緒に。ふたりは家にいるだろう」

「何もかもありがとうございます。じゃあ、奥さんと話してみます」パイロットは立ち上がって、通りをくだりはじめた。が、すぐに老人に呼び止められた。「イングレーゼ」

　パイロットは振り向いた。

「ヨアニスのカミさんと話をするなら――アナと話をするなら……覚えておいてほしいことがある」老人はことばを探していったんことばを切った。もう感情のこもっていない声ではなくなっていた。顔もちゃんとパイロットのほうを向いていた。

「ゲルマノイが来たとき、家にはアナの娘がいたんだ。このことだけは覚えておいてほしい」

パイロットは道に立ったまま続きを待った。

「マリア。娘の名はマリアだった」

「覚えておきます。お気の毒に」

パイロットはそう言うと老人に背を向け、坂をくだり、赤い窓の家まで歩き、家のドアを叩いて待った。もう一度もっと強く叩いて待った。やがて足音がしてドアが開いた。

家の中は暗かった。わかったのは女の髪が黒く、眼も髪と同じように黒いことだけだった。女は陽射しの中に立っているパイロットに眼を向けた。

「こんにちは」と彼は言った。「私はイングレーゼです」

女はぴくりとも動かなかった。

「ヨアニス・スピラキスさんを探しています。舟を持ってるって聞いたんで」

女はやはりぴくりとも動かなかった。

「いらっしゃいますか？」

「いいえ」

「奥さんはいらっしゃると思うんですが。奥さんならご主人の居場所をご存知かと」

すぐに返事はなかった。ややあってから女はうしろにさがり、ドアを押さえながら言った。「はいってください、イングレースス」

彼は女のあとについて廊下を歩き、奥の部屋にはいった。窓にはガラスがなく、厚紙があてられているだけなので、部屋の中は暗かった。それでも、老婆がテーブルに両腕を置いて長椅子に坐っているのが見えた。老婆はとても小さかった。子供のように小柄で、茶色い紙をくしゃくしゃに丸めて小さなボールにしたような顔をしていた。

「誰なんだい？」と老婆は甲高い声で言った。

最初に玄関に出てきた女が言った。「こちらはイングレースス。舟が要るんで、あなたのご亭主を探してるんだそうよ」

「こんにちは、イングレースス」と老婆は言った。

パイロットは部屋にはいってすぐのところに——ドアの近くに立っていた。最初の女は、両腕を脇に垂らして窓の近くに立っていた。

老婆は言った。「ゲルマノイはどこにいるの？」声のほうが体より大きく感じられた。

「今はラミアあたりです」

「ラミア」と老婆はうなずいて言った。「だったら、すぐにここへやってくるね。たぶん明日にはやってくるんじゃないかね。でも、どうでもいいことだよ。わかったかい、イングレースス？　あたしにはどうでもいいことだよ」老婆は坐ったまま少しまえのめりになっていた。声の調子が一段と高くなっていた。「あいつらが来たって、それは何も初めてのことじゃないんだから。あいつらはとっくにやってきてるんだから。それも毎日。毎日やってきてはドカン、ドカン、ドカン。眼を閉じてまた開けて、起き上がって外に出たら、家はあちこちもうこっぱみじんになってるのさ——人間も」老婆の声はいったん高くなったあと低くなった。

息を荒げて、いったんことばを切った。そのあと静かな声音で老婆は言った。「何人殺したんだね、イングレースス？」

パイロットは片手を伸ばしてドアに寄りかかり、くるぶしを休ませた。

「幾人かは殺しました」と彼のほうも静かな声で言った。

「何人なんだい？」

「殺せるかぎりですね、お婆さん。数は数えられません」

「皆殺しにしておしまい」と老婆はなおも静かに言った。「男も女も赤ん坊もひとりも残さず殺すんだよ。わかったかい、イングレースス？　皆殺しにしなくちゃいけない」小さな茶色い紙のボールがますます小さくなり、ますますくしゃくしゃになった。「あたしも最初に見たやつを殺してやる」老婆はいったん口をつぐんだ。「そうすれば、イングレースス、そうすれば、家族はそいつが死んだってことをあとから聞くことになるんだから」

パイロットは何も言わなかった。老婆は彼を見つめてから尋ねた。声の調子が変わっていた。「何が欲しいんだっけ、イングレースス？」

パイロットは言った。「ゲルマノイのことですが、ほんとうにお察しします。だけど、われわれにできることはあまりなくて」

「そうだね」と老婆は言った。「できることは何もないね。それでなんだっけ？」

「ヨアニスを探してるんです。彼の舟を使わせてもらいたいんです」

「ヨアニス」と彼女は囁くように言った。「ここにはいないよ。外に出てる」

老婆は長椅子をいきなりうしろに押しやって立ち上がると、部屋を出て言った。「来てちょうだい」パイロットはあとについて廊下を歩き、玄関に向かった。坐っているときより立っているときのほうが、老婆はさらに小さく見えた。足早に廊下を歩き、ドアを開け、陽射しの中に出たところで、パイロットは彼女がいかに歳をとっているか、そこで初めて気づいた。

唇がなかった。彼女の口は顔のほかの部分と同じように皺が寄っているだけだった。陽射しに眼をぎゅっと細め、坂道を見上げた。

「あそこにいる。あれがそうさ」そう言って、水桶の横に坐っている老人を指差した。

パイロットは老人を見た。それから老婆のほうを向いて話しかけようとした。が、そのときにはもう老婆は家の中に消えていた。

彼らに歳は取らせまい
They Shall Not Grow Old

私たちふたりは格納庫の外に置かれた木箱に坐っていた。

正午、太陽は高く昇り、その熱はまるで近くで燃えている炎のようだった。格納庫のそばの戸外は地獄よりも熱かった。熱い外気が肺の内側に触れているのが感じられ、口をほとんど閉じて、すばやく息を吸ったほうがましなのに気づいてからは、ふたりともそうやって息をしていた。それで熱さを少しは和らげられた。太陽は肩にあり、背中にもあり、われわれの皮膚からはたえまなく汗が滲み出し、首すじを伝い、胸から腹に垂れていた。汗はズボンの一番上――ベルトを締めているところ――に集まると、そのあとはきつく締めたベルトの下に滲み込んだ。濡れるとことさら不快に感じられ、汗疹ができやすいところに。

われわれふたりの戦闘機、ハリケーンは数ヤード離れたところに駐機していた。二機ともにエンジンがかかっていないときの戦闘機が見せる、忍耐強くどこか気取った顔をしていた。その向こうに細くて黒い滑走路があり、それはゆるやかに傾斜しながら浜辺のほうに――海のほうに――延びていた。滑走路の黒い路面も、その両脇の草の生えた白い砂地も、陽射しを受けてゆらゆらときらめいていた。陽炎（かげろう）が飛行場に垂れ込める蒸気のように揺れていた。

スタッグが腕時計を見て言った。

「もう帰ってきてもいい頃だ」

私たちふたりは準備を整え、出撃命令を待っていた。スタッグは熱い地面の上で足を動かしながら繰り返した。

「もう帰ってきてもいい頃だ」

フィンが飛び立って二時間半が過ぎており、どう考えてももう戻っていなくてはならない時間だった。私は空を見上げて眼を凝らし、耳をすました。燃料補給車のそばで立ち話をしている航空兵の話し声と、浜辺に寄せる波のかすかな音がしていたが、飛行機の音はどこにもなかった。私たちはそのあとはしばらく無言で過ごした。

「どうやらやられたみたいだな」と私は言った。

「ああ、そのようだな」とスタッグも言った。

そう言って立ち上がると、カーキ色の半ズボンのポケットに手を突っ込んだ。私も立ち上がり、ふたりで立ったまま澄んだ北の空をじっと見つめた。溶けかけたタールの軟らかさと熱のために足の踏み場を何度も換えながら。

「あの女の名前、なんていったっけ？」とスタッグが私のほうに顔を向けることなく言った。

「ニッキだ」と私は答えた。

スタッグは木箱にまた坐ると、手をポケットに突っ込んだまま足のあいだの地面を見つめた。彼は中隊で一番年かさのパイロットだった。二十七歳。決してブラシをかけようとしないごわごわした豊かな赤毛の髪。そばかすに覆われた――これほど陽にあたっているのに――青白い顔。口は大きく、たいていきつく結ばれている。背は高くはなかったが、カーキ色のシャツの下の肩はレスラーのように広くてぶ厚かった。そして、なにより物静かな男だった。

「たぶん大丈夫だよ」と彼は空を見上げたまま言った。「そもそもフィンをやっつけられるような人間がヴィシー派のフランス人の中にいたら、お目にかかりたいもんだ」

われわれはパレスティナにいて、シリアにいるヴィシー政権のフランス軍と戦っていた。スタッグとフィンと私はパレスティナのハイファで三時間前に出撃命令を受けたのだが、そのあと海軍の緊急要請に応じてフィンだけが飛び立ったのだ。ベイルートの港を出航したフランスの駆逐艦二隻の行き先をすぐに飛び立って確かめてほしい――沿岸まで北上し、偵察を追えたらすぐに戻って、どこに向かっているのか報告してほしい――というのが海軍の要請だった。

それでフィンがハリケーンで飛び立ったのだが、そのあとかなり時間が経っているのに、戻ってこないのだった。もはや希望がないのはわかっていた。たとえ撃墜されていなくても、とっくに燃料を使い果たしているはずだったからだ。

私は地面に眼を向け、フィンのブルーの制帽を見た。彼が自分の飛行機に向かって走りだしたときに放り投げたまま、地面に落ちていた。帽子のてっぺんとすり切れて折れ曲がったまびさしに油のしみがついていた。彼が死んでしまったとは、今はまだ信じられなかった。エジプト、リビア、ギリシアと転戦して、われわれは飛行場でも食堂でもいつも彼と一緒だった。明るくて、背が高くて、よく笑うやつだった、このフィンという男は。髪は黒くて、まっすぐに長く伸びた鼻を指先で上下にこする癖があった。また、人の話を聞くときには、椅子の背にもたれて顔は天井に向け、眼は床に向ける。ついゆうべのことだ。そんな彼が夕食のときにいきなりこんなことを言いだした。「なあ、おれはニッキと結婚してもいいな。あの娘はいい娘だと思うよ」

そのとき彼と向かい合って坐っていたスタッグが豆料理を食べながら言った。

「それって時々だったら結婚してもいいって意味だよな？」

ニッキというのはハイファのキャバレーの女だ。

「いや」とフィンは言った。「キャバレーの女はいい女房になるんだよ。彼女たちは絶対に不貞を働かない。だって彼女らにしてみれば不貞を働くなんてなんの新味もないんだから。そんなことをしたら昔の仕事にまた舞い戻りしてしまうようなものなんだから」

スタッグは豆料理から顔を起こして言った。「フィン、そんなくそ馬鹿野郎にだけはならないでくれ。ニッキと本気で結婚するつもりじゃないよな」

「ニッキは」とフィンはいたって真面目な口調で応じた。「いい家の出なんだよ。ほんとにいい娘だ。寝るときには枕を使わないんだ。なんで寝るときに枕を使わないかわかるか？」

「いや」

同じテーブルのほかの連中もそのときには耳を傾けていた。フィンがニッキについて語ることばに誰もが聞き入っていた。

「そう、まだすごく若いとき、ニッキはフランス海軍の士官と婚約していて、その男を心から愛してた。で、ふたりが浜辺で一緒に日光浴をしてたとき、その男が彼女にこんなことを言った、自分は寝るときに決して枕を使わないって。ただ会話を続けるために人が互いに持ち出す類いのどうでもいい話題だった。だけど、ニッキはそのことを決して忘れなかった。そのときから彼女も枕なしで寝る練習を始めた。ところが、ある日、その男はトラックにはねられて死んじまった。なのに彼女は、彼女自身はすごく寝心地が悪いのに、枕なしで寝つづけた。愛する男の思い出を大切にしたくて」

そう言って、フィンは口いっぱいに豆を頬張った。そして、ゆっくりと嚙みながら続けた。

「悲しい話だよ。だけど、この話で彼女がどれほどいい娘かわかるだろ？　おれはそんな彼女と結婚したいんだよ」

それがゆうべ夕食のときにフィンが言ったことだ。私は思った――そのフィンももう死んでしまった。ニッキはフィンの思い出のためにはどんな他愛もないことをするんだろう？

太陽に背中を焼かれていた。それで今度は正面から熱を受けようと本能的に思ったのだろう、私は体の向きを変えた。そのときカルメル山とハイファの町が見えた。山の淡いグリーンの急な斜面が海へと延びていた。山の麓に町が見え、家々が陽射しを受けて色とりどりに輝いていた。白い漆喰を塗った壁の家々が山腹を覆い、その家々の屋根が山の顔にできた吹き出物のように見えた。

灰色の波型のトタン板を張った格納庫の中から、私たちの次に待機に就く三人のクルーが私たちのほうにやってきた。黄色い救命胴着（メイ・ウェスト）を肩に掛け、飛行帽を手に持って、ゆっくりと私たちのほうに歩いてきた。

彼らが近くまで来るとスタッグが言った。「フィンがやられた」彼らは答えた。「ああ、知ってる」私たちが坐っていた木の箱に三人も坐った。坐るなり、肩と背中を太陽に照らされ、彼らも汗をかきはじめた。スタッグと私はその場を離れた。

翌日は日曜日で、私たちは朝からレバノンの峡谷を北上し、リヤークという飛行場を攻撃した。頂に雪の白い帽子をかぶっているヘルモン山の尾根をかすめ、太陽の中から飛び出してリヤークに——飛行場内のフランスの爆撃機に——襲いかかり、機銃掃射を開始した。地上すれすれを飛んだとき、フランスの爆撃機のドアが開けられたのを見たのを覚えている。何人もの白いドレスの女たちが爆撃機の中から飛び出し、飛行場を走るのを見たのも。女たちの白いドレスのことはとりわけよく覚えている。

そう、その日は日曜日だったので、ヴィシー派のフランスのパイロットは自分たちの飛行機を見せようと、ベイルートから女たちを呼んでいたのだろう。日曜の朝に飛行場に来たら、おれたちの飛行機を見せてやる、とでも言って誘ったのだろう。いかにもヴィシー派のフランス人のやりそうなことだ。

ということで、われわれが機銃掃射を始めると、女たちは慌てて飛行機から飛び出し、白の晴れ着姿で空港を走りだしたというわけだ。

無線を通じてモンキーの声を聞いたのを覚えている。「逃がしてやれ、逃がしてやれ」女たちが草の上を四方八方に逃げるあいだ、われわれ中隊は全機向きを変えて、飛行場の上空を一度旋回した。女のひとりがつまずき、二度転ぶのが見えた。片足を引きずり、男に抱えられている女もひとりいた。が、われわれは時間を与えてやった。そのとき地上の機関砲の小さな明るい閃光が見えたのを覚えている。白いドレスの女たちが逃げるのをわれわれが待っているあいだぐらいは、少なくとも敵も応戦するのをやめるべきではないかと思ったのも覚えている。

それがフィンの死んだ翌日のことで、さらにその翌日、私とスタッグはまた格納庫の外に置かれた木箱に腰かけ、待機していた。パディというブロンドの大男がフィンの後釜で、そいつもおれたちと一緒に木箱に坐っていた。

正午。陽はすでに空高く、まるですぐそばで火が焚かれているような暑さだった。三人とも汗が首からシャツの中を伝い、胸から腹へと垂れていた。解放されるときをわれわれはそんなふうにして待っていた。スタッグは針と木綿の糸で顎ひもを飛行帽に縫い付けていた。縫い付けながら、ゆうべハイファでニッキに会って、フィンのことをニッキに伝えたことを話していた。

そのときいきなり飛行機のエンジン音が聞こえた。スタッグは話すのをやめ、われわれは三人とも上空を見上げた。その音は北のほうから聞こえており、飛行機が近づくにつれて、徐々に大きくなった。スタッグがだしぬけに言った。「ハリケーンだ」

次の瞬間にはもう飛行場の上空を旋回していた。着陸するのに車輪をおろしていた。「誰だ？」とブロンドのパディが言った。「今朝は誰も出撃してないのに」

その飛行機が滑走路に降りるのに、われわれのまえを滑空したところで、機体の尾部に記された記号が見えた。H・4427。フィンの飛行機だった。

われわれはもう立ち上がっていた。その飛行機がわれわれのほうにタキシングをして、駐機するのに向きを変えたところで、操縦席にフィンがいるのが見えた。フィンはわれわれに手を振ってにやりと笑い、降りてきた。われわれは彼に走り寄り、大声で口々に尋ねた。「今までどこにいた？」「いったいぜんたいどこにいたんだ？」「強制着陸させられたのか？　それでもうまく逃げだせたのか？」「ベイルートでいい女でも見つけたのか？」「なあ、フィン、いったいどこにいたんだ？」

ほかの連中もフィンのまわりに続々と集まってきた。エンジンの整備係も装備係も消防車に乗っていたやつらもみんな集まってきて、フィンが何を言うか、待った。フィンはというと、その場に突っ立って飛行帽を取り、黒い髪を手でうしろに撫でつけ、われわれの振る舞いにひどく戸惑っていた。だからわれわれをただ見まわすばかりで、すぐには何も言おうとしなかった。それからいきなり笑いだして言った。「いったいどうした？　いったいみんなどうしたって言うんだ？」

「どこにいたんだ？」とみんなが言った。「二日間もいったいどこにいたんだ？」

フィンは心底驚き、とことん戸惑ったような表情を顔に浮かべると、腕時計をすばやく見て言った。

「十二時五分。おれが出動したのは十一時。まだ一時間五分しか経ってない。そろいもそろってみんなで馬鹿づらしてるんじゃないよ。こっちはすぐに報告に行かなきゃならないんだからな。二隻の駆逐艦はまだベイルートの港にいたよ。海軍はそのことを早く知りたがってる」

そう言って、歩き去りかけた。私はそんな彼の腕をつかむと、心を落ち着かせて言った。

「フィン、おまえは一昨日からどこかへいなくなってた。何があったんだ？」

彼は私の顔を見て笑った。

「これまではもっとずっと面白いおふざけをやらかしてくれてたのに。今のは面白くないね。ちっとも面白くない」それだけ言って歩き去った。

われわれは――スタッグとパディ、それに私、整備係も装備係も消防車に乗っていたやつらも――その場に突っ立って、フィンが歩き去るのをただ見つめた。そのあと互いに顔を見合わせた。なんと言えばいいのかも、どう考えればいいのかもわからなかった。何も理解できなかった。ただ、彼が真面目に話していたことだけはわかった。彼自身は事実をきちんと話していると信じていることだけは。なぜわかったのかといえば、それはみんなフィンという男を知っていたからだ。われわれみたいにずっと一緒にいると、誰かが自分の飛行に関して話しているときに、そいつのことばを疑うなどありえない。だからわかるのだ。そういうときに何かを疑うとすれば自分自身しかありえない。だからみんな自分を疑っていた。陽射しの中に突っ立って自分を疑っていた。フィンの飛行機の翼の近くに立っていたスタッグは、陽にさらされて乾いてめくれた飛行機の塗料の小さなかけらを指で剝がしていた。

誰かが言った。「たまげたね」そのあとはみんなそれぞれ自分の仕事に無言で戻った。次の当番の三人のパイロットが、灰色の波型鋼板を張った格納庫の中からわれわれのほうにゆっくりと歩いてやってきた。暑い陽射しの中、手にした飛行帽を振りながらゆっくりと歩いてきた。スタッグとパディと私は何か飲みものと昼食をとりにパイロット用の食堂に向かった。

食堂はヴェランダのある木造の白い小さな建物の中にあった。その中はふたつの部屋に分かれていて、ひとつは肘掛け椅子や雑誌が置かれたラウンジで、壁に穴があけられ、そこから飲みものを買うことができた。もうひとつの部屋が食堂で、木の長テーブルが一卓置かれていた。ラウンジではフィンがわれわれの部隊長、モンキーと話していた。ほかのパイロットたちはそのまわりに坐って、ふたりの話に耳を傾けていた。みんなビールを飲んでいた。モンキーはやらなければならない仕事をしていた。考えうる唯一の方法でそれをこなしていた。それはいたって重要なことだった。肘掛け椅子に坐っていようと、ビールを飲んでいようと、そのことは全員わかっていた。モンキーというのはそんじょそこらにはいない男だ。ハンサムで背が高く、脚にイタリアで負った弾傷があ る、気さくで、親切で、有能な男だ。大声で笑うことは決してなく、笑うときには息をつまらせたみたいに、咽喉の奥からうなるような声を出す。

フィンが言っていた。「勘弁してくださいよ、モンキー。そんなふうに言われると、おれは頭がいかれちまったんじゃないかって思っちまうじゃないですか」

フィンは真面目に言っていた。言っていることもすじが通っていた。それでも、とことんうろたえていた。

「知ってることはもうみんな話しました」と彼は言った。「十一時に出動して、高高度でベイルートまで飛んで、二隻のフランスの駆逐艦を確認して、戻ってきて、十二時五分に着陸しました。おれにわかってるのはそれだけです。それは誓って言えます」

そう言って、彼はまわりにいるわれわれを見まわした。部屋にいるスタッグと私、パディとジョニー、それにあと六人ほどのパイロットを。われわれは彼に向かって笑みを向け、うなずき、自分たちが彼の側にいることを伝えた。彼の言っていることに異を唱えるつもりなどないことを。彼のことばを信じていることを。

モンキーが言った。「おれはいったいエルサレムの本部になんて報告すればいい？　おまえが行方不明になったことはもう報告してあるんだ。今度はおまえが帰還したことを報告しなきゃならない。当然、本部はおまえがこの間（かん）どこにいたか知りたがるだろう」

すべてがフィンの手に余るようになっていた。背すじを伸ばして坐っていたが、左手の指で坐っている椅子の革張りの肘掛けをこつこつと叩いていた。鋭くすばやく叩いていた。前屈みになり、考えに考えていた。懸命に考えていた。指で肘掛けを叩いているだけではなく、靴で床も叩きはじめた。スタッグがそれに耐えられなくなった。

「モンキー」と彼は声をかけた。「モンキー、しばらく様子を見ましょうよ。しばらく様子を見て、そのうちフィンが何かを思い出すのを待ちましょうよ」

スタッグが坐っている椅子の肘掛けに腰かけていたパディも言った。「そうですよ。本部にはとりあえず、フィンはシリアの原っぱに不時着して、飛行機を修理するのに二日かかってまた戻ってきたって、そう言っておけばいいんじゃないですか」

誰もがフィンを助けようとしていた。パイロットは全員でフィンを助けようとしていた。口にこそ出さなくてもみんなそれぞれ心の中では、このことがわれわれ自身に大いに関わる問題であることがわかっていたからだ。それはフィンにもわかっていた。彼にわかっているのはそれだけだとしても。みんながわかっているのは、お互いの顔を見れば容易にわかった。部屋には微妙な空気がぴんと張りつめていた。なぜなら、これは銃弾の話でもなければ砲火の話でもない、調子の悪いエンジン音の話でもなければタイヤのパンクの話でもない、操縦席の血の話でもなければ、昨日の話でも今日の話でも明日の話でさえない、われわれが初めて経験することだったからだ。その緊張感はもちろんモンキーも感じていた。「そうだな。今はもう一杯ビールを飲んで、しばらく様子を見ることにしよう。本部にはおまえはシリアに不時着して、どうにかそのあと機を飛ばして帰ってきたと報告しておこう」と彼は言った。

　われわれはもう少しビールを飲んでから、昼食をとりに食堂にはいった。モンキーが料理と一緒にフィンの帰還を祝してパレスティナ産の白ワインを注文した。

　それ以降は誰もそのことを話題にしようとはしなかった。フィンがいない場所でもわれわれはそのことを話そうとはしなかった。ただ、それぞれひそかに考えつづけはした。言うまでもなく、これはきわめて重大な問題で、その問題が解決したわけでないことはみんなよくわかっていたから。その緊張感はあっというまに飛行中隊全体に広がり、パイロット全員がその緊張感を共有した。

　そうこうするあいだにも日は過ぎて、太陽は飛行場と飛行機に照りつけ、フィンも通常の形で任務に就き、われわれと一緒に飛ぶようになった。

　そんなある日のこと——一週間後ぐらいのことだったと思う——われわれはまたレバノンのリヤーク飛行場を機銃掃射した。総勢七機で、モンキーが先頭を飛び、フィンは彼の右側にいた。低空飛行でリヤークにはいると、軽高射砲による対空砲火をしこたま食らい、最初の攻撃でパディの機がやられた。二度目の攻撃に向けて旋回したとき、彼のハリケーンがゆっくりと飛行場の上空を滑空し、そのあと飛行場の隅の地面まで真っ逆さまに落ちていくのが見えた。地面に墜落すると、白い煙のものすごい渦が巻き起こり、続いて炎が広がると、煙が白から黒に変わった。パディはその中にいた。そのとき突然、無線にひび割れた雑音がはいり、フィンの声がした。とても興奮し、叫んでいた。マイクに向かって怒鳴っていた。「思い出したぞ。聞こえますか、モンキー。何もかも思い出した！」モンキーは落ち着いた声でおもむろに答えた。「わかった、フィン。わかったから、思い出したら忘れるな」

二度目の攻撃が終わると、モンキーの先導でわれわれはすぐさま帰途に就いた。灰色がかった茶色い山肌が剝き出しの高い山々を両脇に見ながら、峡谷を縫うようにして飛行場まで戻った。ほぼ三十分の飛行だったが、その間フィンは無線機に叫びつづけるのを一度もやめなかった。最初はモンキーに何度も言いつづけた。「聞こえますか、モンキー、思い出したんです。全部。何もかも」次にスタッグにも何度も言いつづけた。「聞こえるか、スタッグ。思い出したんだ、何もかも。もう忘れるなんてありえない」彼は私にもジョニーにもウィッシュフルにも叫びつづけた。われわれひとりひとり別々に何度も何度も。あまりに興奮して大声でマイクに叫びかけるものだから、何を言っているのか、時々聞き取れなくなることもあった。

着陸すると、われわれは各々分散して駐機した。どういうわけか、フィンは飛行場の遠い隅に駐機しなければならなかったようで、彼以外はみんな彼よりさきに作戦室に着いた。

格納庫の脇にある作戦室は殺風景な部屋だ。周辺地域の地図が広げられた大きなテーブルが部屋の真ん中に据えられ、それより小さなもうひとつのテーブルには、電話が二台置かれ、木の椅子とベンチが数脚置かれている。部屋の一隅には救命胴着とパラシュート、それに飛行帽が積み重ねられている。そこに立って飛行服を脱ぎ、部屋の隅の床に放り出していると、フィンがやってきた。急いで中にはいり、そこで立ち止まった。黒い髪が乱れ、まっすぐに立っていた。飛行帽を慌てて取ったせいだろう。その顔は汗で光り、カーキ色のシャツは濡れて黒ずんでいた。口を開けて、忙しなく息をしていた。ずっと走ってきたようだった。猫が子供部屋で子猫を産んだことを伝えようと、慌てて階段を降りてきたまではいいものの、部屋いっぱいの大人をまえにして、なんと切り出せばいいものやら急にわからなくなった、まるで子供のようだった。

彼がやってきた足音はみんなが聞いていた。そのためにこそわれわれは待っていたのだ。誰もがそれまでしていたことをやめ、じっと佇み、フィンを見た。

モンキーがまず声をかけた。「フィン」フィンは答えた。「モンキー、信じてください。これこそほんとうにあったことなんだから」

モンキーは電話を置いたテーブルのそばに立っていた。そのそばにはスタッグ――ずんぐりとした赤毛の小男——が背すじを伸ばして立ち、救命胴着を手にフィンを見ていた。ほかの者は部屋の奥にいた。フィンが口を利くと、みんな無言で彼のそばに近づいた。地図を広げた大きなテーブルのところまで移動し、テーブルに手をついてフィンを見つめ、彼が話しだすのを待った。

彼はすぐに息せき切って話しはじめた。それでも、話が進むにつれて落ち着きを取り戻し、話し方もゆっくりになった。黄色い救命胴着をまだ身に着けたまま、飛行帽と酸素マスクを手に持って作戦室の戸口に立って話した。ほかの連中も立ったままその場を動くことなく、じっと彼の話に聞き入った。私は聞くうち、話しているのがフィンで、自分たちがいるのがハイファの作戦室であることを忘れた。すべてを忘れ、彼と一緒に旅をした。彼が話しおえてようやく現実に引き戻された。

「飛んでたのはだいたい二万フィート上空だ」と彼は言った。「テュロスを過ぎ、シドンも過ぎ、ダムール川も越えて、内陸にはいり、レバノンの山々も越えた。東からベイルートに近づくつもりだったんだ。すると、いきなり雲の中にはいっちまった。白くてぶ厚い雲で、あまりに濃くてぶ厚いものだから、操縦席の中以外何も見えなくなった。わけがわからなかった。だってそのすぐまえまではどこまでも青く晴れ渡っていて、雲なんてどこにもなかったんだから。

そんな雲の中から出ようと、おれは高度を落とした。ところが、落としても落としてもまだ雲の中なんだ。山岳地帯を飛んでるんで、あまり低くなるわけにはいかないことはわかっていた。だけど、高度六千フィートまで降りてもまだ抜け出せなかった。とにかく濃い雲で、何も見えない。機体の鼻づらも、翼さえ見えない。雲は風防ガラスのところで凝固して水になり、ガラスの表面はちょっとした川みたいになってて、それをプロペラ後流が吹き飛ばしていた。あんな雲は見たことがないよ。操縦席のすぐ外までびっしり白く迫ってくる雲なんて。まるで魔法の絨毯に乗った男になったみたいな気分だった。翼もなければ、尾部もない、エンジンもない、そもそも機体すらないガラス屋根の操縦席にただひとり坐ってるんだから。

その雲から抜け出さなきゃならないことはわかっていた。だから西に方向転換をして山脈を離れて海に出たんだ。そこで高度計を見て高度を下げた。五百、四百、三百、二百、百フィートまで下げた。それでもまだ雲の中なんだ。いっときおれは考えた。さらに高度を下げるのは危険だった。すると、そこでまるで疾風が吹いたみたいに、いきなり感覚としてわかったんだ、下には何もないことが。海も陸地もほかのどんなものも。おれはゆっくりと慎重にスロットル弁を開くと、操縦桿を強くまえに倒して急降下した。高度計はもう見なかった。風防ガラス越しにまっすぐまえを、雲の白さを見ながら、急下降しつづけた。操縦席に坐って操縦桿をまえに倒し、機体を下降させつづけた。まとわりつく雲の白さをただ見つめて、自分がどこに向かってるかなんて一度も考えなかった。ひたすら下降しつづけた。

どれぐらいそうしてたかはわからない。数十分だったかもしれないし、数時間だったかもしれない。わかってるのは、操縦席に坐って機体を下降させつづけたことだけだ。下にあるのは山でも川でも陸でも海でもないことだけははっきりとわかってたんで、少しも怖くはなかった。

そこで眼が見えなくなった。夜中ベッドでうつらうつらしていて、誰かにいきなり電気をつけられたみたいな感じだった。

雲の中からあっというまに外に出て、それで眼がくらんだんだ。雲の中にいたときと外に出たときのあいだにはまるで時間差がなかった。濃い白さの中にいたかと思ったら、同時にその外にもいるといった感じで、外の光はとても明るく、それで眼がくらんだんだ。おれは顔をしかめて、数秒ぎゅっと眼を閉じた。

で、眼を開けたら、すべてが青かった。それまでに見たどんなものより青かった。濃い青でもなければ、淡い青でもない。それはもうただ青としか言えないような青さだった。それまでに見たこともないような、とても説明できないような純粋な色で、輝いていた。まわりを見まわした。上も背後も。上体を伸ばして操縦席のガラス越しに下も見た。どこもかしこも青かった。明るくて澄んでいた。心地よい陽射しみたいに。でも、太陽はどこにもなかった。

　そのときそれが見えたんだ。

　前方のはるか遠く上方の空を一列になって飛んでいく飛行機の細い線が見えたんだ。黒い一本の線になって、すべて同じ速度で、同じ方向に向かってまえに進んでいた。どの機もそれぞれまえの機のすぐうしろについて。その線は見える範囲内どこまでも続いていた。そうやってまえに進んでた。ただ、それがすごく急いでるみたいで、まえに、まえに、まえに急き立てられてるみたいに飛んでた。大風を受けた帆船みたいに。でも、その差し迫った感じで、おれにはすべてがわかった。なんでわかったのか、どうやってわかったのかはわからない。だけど、見ているうち、その飛行機に乗ってるのはみんな戦争で死んだパイロットとクルーだってわかったんだ。そんな彼らが自分の飛行機で最後の飛行を、最後の旅をしてるんだって。

　さらに高く飛んでさらに近づくと、機種までわかるようになった。その長い列にはほぼすべての機種がそろってた。ランカスターにドルニエ、ハリファックスにハリケーン、それにメッサーシュミットもスピットファイアもスターリングもユンカース88もグラディエーターもハンプデンもマッキ200もブレニムもフォッケウルフもボーファイターもソードフィッシュもハインケルも。これらのほかにももっともっといた。で、その列は青空のひとつの端からもう一方の端まで延びていた。視界から消えてしまうところまで続いていた。

いつのまにかおれはそんな列のすぐ近くまで来ていて、自分が何を望もうと関係なく、彼らに吸い込まれそうな感じになっていた。おれの機は風に捕らえられていて、木の葉みたいに翻弄されてて、まるで巨大な渦巻きに巻き込まれてたみたいだった。どんどんほかの飛行機のほうに吸い寄せられていくんだよ。そんな渦巻きと風の手につかまれちまってもうどうすることもできなかった。それがみんな一瞬の出来事なんだけど、それでも鮮明に覚えてる。おれの機を引っぱる力はどんどん強くなって、どんどんまえのほうに引っぱられて、気づいたらもういきなりその列に加わって飛んでいた。ほかの飛行機と一緒にまえに向かってた。同じ速度で同じコースを飛んでたんだ。ソードフィッシュ——海軍航空隊の旧式のあのソードフィッシュだ——がおれのすぐまえを飛んでいた。翼の塗料の色がわかるくらいすぐ近くを。飛行帽をかぶって操縦席に前後に坐ってる偵察員とパイロットの頭も見えた。ソードフィッシュのまえには〝空飛ぶ鉛筆〟ドルニエがいた。ドルニエのまえのほかの飛行機はおれのいた位置からはわからなかった。

そんなふうにどこまでも飛びつづけた。望んだところで、方向転換することもその列から離れることもできなかっただろう。どうしてかはわからない。それは渦巻きと風に関係があったのかもしれないけど。ただ、そういうことができないことだけはわかった。それに実のところ、おれは自分の機を飛ばしていなかった。飛行機のほうが勝手に飛んでたんだ。操縦するのに考えなきゃならないようなことは何もなかった。速度も、高度も、出力も、操縦桿も何もなかった。一度ちらっと計器類を見たんだけど、全部止まってた。飛行機が地上でただ駐機しているときみたいに。

とにかくそうやって飛びつづけた。どれぐらいの速度だったかなんて見当もつかない。スピードの感覚がなかったんだ。でも、たぶん時速百万マイルぐらいだったんじゃないかな。今にして思うと、その間寒さも暑さも空腹も咽喉の渇きも一度たりと覚えなかった。そういう感覚がまるでなかったんだ。恐怖もなかった。だって、何を恐れればいいのかもわからなかったんだから。心配もなかった。だって心配しなきゃならないことなんて何ひとつ思い出すことも考えつくこともできなかったんだから。欲望もなかった。何か今やってないことをやりたいとも思わなかったし、何か今持ってないものが欲しいとも思わなかった。だって、したいことも手に入れたいものも何もなかったんだから。ただひたすらそこにいることが嬉しかった。自分のまわりのすばらしい光とすばらしい色を見てるだけで嬉しかった。一度操縦席の鏡に映ってる自分が眼にはいったんだけれど、自分が笑ってるのがわかった。眼元も口元も笑ってるのが。鏡から眼をそらしてもわかったよ、まだ笑ってるのが。そうとしか感じられないのさ。まだ笑ってるとしか。一度、まえを飛んでるソードフィッシュの偵察員が振り向いて手を振ってきた。おれも操縦席の風防（キャノピー）を開けて手を振り返した。そうやってキャノピーを開けても外気がはいり込んでくることも、冷気や熱気に打たれることも、プロペラ後流の風圧を手に感じることもなかった。それは今でも思い出せる。そこで気づいたんだ、みんなが互いに手を振り合ってることに。ジェットコースターに乗った子供みたいに。だからおれも振り返って、うしろにいるマッキのやつに手を振ってやった。

ところが、その列では何かが起きていた。はるか前方で飛行機がコースを変えているのが見えた。左のほうに旋回して、高度を落としていた。ある地点に達すると、列全体がゆるやかな大きな円を描いてバンクして降下してるんだ。反射的におれは操縦席から下を見た。だだっ広い緑の平原が広がっているのが見えた。色は緑で、地形はなだらかで、実に美しい平原だった。それがはるか地平線まで続いていて、そこで空から降りてきた青とそこまで延びている緑が合わさって、溶け合っていた。

それと光が見えた。左手の遠くに明るく白い光が。色はなくて、ただ輝いていた。太陽のようでもあったけれど、太陽より大きな何かだった。形も輪郭もなくて、光だけがあって、明るいんだけれど、まぶしくはない。そんなものが緑の平原の端っこに横たわってたんだ。その明るさの中心から外に向けて光が放たれていて、それが遠く空まで、遠く平原の向こうまで広がっていた。それを見るなり、最初のうちおれは眼が離せなくなった。そっちのほうへ、その何かの中に行きたいとは思わなかった。なのに同時に、行きたいという思い、それこそ渇望のような強い思いがあって、それがどんどん強くなって、おれは何度か飛行機の列から自分の機を引き離して、それに向かって真っすぐに飛ぼうとした。でも、それができないんだ。ほかの機と一緒に飛ぶしかないんだよ。

ほかの飛行機がバンクして高度を下げると、おれもそれに従って、それからあとは下の緑の平原に向かって滑空しはじめた。そうやって地面に近づいたところでわかったんだが、平原そのものにも途方もない数の飛行機の群れがいた。文字どおりいたるところに散らばっていた。まるで緑の絨毯にぶちまけられた干しブドウみたいだった。何百何千といて、おれのまえにいる飛行機が着陸して停止するたびに、その数は一分ごとに、いや、ほぼ一秒ごとに増えていた。

高度は急激に落ちていて、おれのすぐまえにいる数機が車輪を出して、着陸態勢にはいったのが見えた。おれの二機まえにいたドルニエが水平飛行になったあと着陸した。

それに旧式のソードフィッシュが続いた。ソードフィッシュのパイロットはドルニエにぶつからないよう、少し左にそれてドルニエの横に着陸した。おれはソードフィッシュのさらに左にまわって水平飛行にはいると、操縦席から地面を見下ろして高度を目測した。おれの下を、おれのすぐ近くを、地面の緑が飛ぶように過ぎて、それがぼやけてみえた。

自分の機がさらに高度を下げて着地するのを待った。それがけっこう長いことかかるんで、おれは愛機に呼びかけた、〝さあ、さあ、さあ〟って。地面からほんの六フィートほどのところを飛んでるのに、それ以上下がらないんだよ。〝降りるんだ〟っておれは叫んだ、〝頼むから降りてくれ〟って。そうしたら、そこでパニックになった。怖くなった。自分が逆にスピードを上げてることに急に気づいたんだ。おれはスウィッチをすべて切った。それでも何も変わらなかった。おれの機はどんどんスピードを上げて、どんどん速くなっていた。まわりを見まわすと、飛行機の長い列が空から下に向かって弧を描きながら着地しているのがうしろに見えた。地上の飛行機の群れも見えた。平原の上に散らばっているのが。そんな平原の一方の彼方に光が見えた。さっき言った輝く白い光だ。広大な平原を明るく照らしていた。おれはその光のほうに行きたかった。着陸できていたら、機から降りるなり、おれはその光に向かって走りだしていただろう。

それはまちがいないね。

なのに、そのときにはもうその光からどんどん離れていた。恐怖が強まった。どんどん勢いを増して、どんどん光から遠ざかるにつれて、恐怖に心臓を鷲づかみにされたようになって、いつしか狂ったみたいに操縦桿を引っぱってた。飛行機と格闘していた。引き返そうとして。光のほうに戻ろうとして。でもって、それが不可能とわかると、自殺しようと思った。そのときにはほんとうに自分を殺したくなったんだ。愛機を頭から地面に突っ込ませようとした。でも、飛行機はまえにまっすぐにしか飛んでくれない。おれは操縦席から飛び降りようとした。ところが、おれの肩のところに誰かの手が置かれていて、それがおれを押さえつけてるんだ。おれは頭を操縦席の側面にぶつけようとした。だけど、そんなことをしてもなんにもならなかった。操縦席に坐ったまま、おれは飛行機やらなにやらすべてとの格闘を続けた。で、ふと気づいたらまた雲の中にいた。そのまえと同じぶ厚くて白い雲の中にいて、今度は上昇しているようだった。うしろを見てみたが、雲に四方を囲まれていた。何もなかった、貫通不能の白さ以外何も。めまいがして気分も悪くなって、もうどうなろうとどうでもよくなってきた。飛行機が勝手に飛ぶまま、おれはげんなりとなって、ただ操縦席に坐ってた。

そんな状態でかなりの時間が経ったはずだ。少なくとも、そんなふうに何時間も坐ってたことはまちがいない。ただ、眠ってしまったのにちがいない。というのも、夢を見たんだ。たった今見たものの夢じゃなくて、おれの普通の生活における普通のものの夢だった。中隊の夢とかニッキの夢とかここハイファの飛行場の夢とか。ほかのふたりと格納庫のまえに坐って待機してる夢とか。海軍がベイルートの簡単な偵察を要請してきた夢も見た。おれが最初に飛ぶ順番だったんで、ハリケーンに飛び乗って飛び立った。高度二万フィートまで上がって、テュロスとサイダの上空を飛んで、ダムール川も越えた。そこで針路を内陸に向けて、レバノンの丘陵地帯を越して、そこから方向転換して東からベイルートにはいった。そうやって市の上空を飛びながら、操縦席から下をのぞき込むようにして、港と二隻のフランスの駆逐艦を探した。そうしたらすぐに見えてきた。二隻くっつき合って埠頭に停泊してるのがはっきりと見えた。そのあとは旋回して、できるだけ早く帰投できるようにした。

戻りながら思ったよ、海軍はまちがってたって。駆逐艦はまだ港にいたわけだからね。時計を見たら実際は一時間しか経ってなかったんで、自分につぶやいた、〝早かったな。みんな喜んでくれるだろう〟って。無線で知らせようともしたんだが、無線はどうしてもつながらなかった。

それでとにかく帰投したわけだ。そうして着陸したら、みんなに集まってこられて、二日間どこにいたんだなんて訊かれた。だけど、おれは何も覚えてなかった。ベイルートまで飛んだってこと以外は何も。ついさっきまでは何も。パディが撃ち落とされたのを見て、やっと思い出したんだ。あいつの飛行機が地面に叩きつけられるのを見て、気づいたらこんなことをつぶやいてたんだ。〝おまえってほんと、くそラッキーなクソ野郎だよ。くそくそラッキーなクソ野郎だよ〟って。そう言って、わかったんだ、なんで自分がそんなことを言ってるのか。でもって、そのとき全部思い出したんだ。無線でみんなに叫んだのもそのときだ。そのときになってやっと思い出したんだよ」

フィンは話を終えた。彼が話しているあいだ、誰ひとり身動きひとつしようとせず、誰ひとりひとことも発さなかった。ようやくモンキーだけが口を開いた。床の上でぎこちなく足をもぞもぞさせてうしろを向くと、窓の外を見ながらほとんど囁くようにぼそっと言った。「おったまげた」ほかのみんなは飛行服を脱いで、部屋の隅に重ねる作業に戻った。スタッグ以外はみんな。背が低くずんぐりした体型のスタッグだけは突っ立ったまま、ただフィンを見ていた。フィンが部屋を横切り、自分の飛行服を片づけるのをじっと見ていた。

フィンの話のあと、中隊は平常に戻った。一週間以上張りつめていた緊張感もようやく解けた。おかげで飛行場はそれまでより居心地のいい場所に戻った。それでも、フィンの〝旅〟のことを蒸し返す者はひとりもいなかった。みんなで集まったときに話したことは一度もなかった。ハイファの〈エクセルシオール〉で夜中に酔っぱらったときでさえ。

シリアの作戦も終わりに近づいていた。ベイルートの南ではヴィシー派がまだ死に物狂いで戦っていたが、戦闘終結は誰の眼にも明らかだった。それでもわれわれはまだ飛んでいた。沿岸部を艦砲射撃していた艦隊の上空を何度も飛んでいた。ロードス島からやってくるユンカース88から艦隊を守るのがわれわれの仕事だったからだ。フィンが死んだのはそんな艦隊上空飛行のさなか、最後の任務のひとつでのことだった。

艦隊のかなり上空を飛んでいると、ユンカース88が大挙して押し寄せてきて、そのあと戦闘になった。そのとき飛んでいたわがほうの戦力はハリケーンたったの六機。ユンカースは何機もいたが、われわれは善戦した。そのときどういうことが起きていたのかはあまり覚えていない。そんなことは誰も覚えていられないだろう。ただ、追いつ追われつのすさまじい攻防だったことは覚えている。ユンカースが艦船めがけて急降下すると、艦船は吠え立て、艦にあるすべてのものを宙に撃ち出した。咲いたと思ったらすぐに風に吹き消される白い花で、空が埋め尽くされた。一瞬の白い閃光とともにドイツ機が宙で炸裂したのを覚えている。その爆撃機がいたところにはそのあと何も残らなかった。小さな小さな破片がゆっくりと下に落ちていっただけだった。後部銃座を吹き飛ばされた機を見たのも覚えている。その機はシートベルトにつかまる射撃手をうしろにたなびかせて飛んでいた。その射撃手はストラップを伝ってなんとか機内に戻ろうとしていた。もう一機覚えている機がある。勇敢なやつで、急降下爆撃をするためにそいつの僚機は下に向かっていたのだが、そいつはずっと上にいて、われわれの上空から攻撃してきた。みんなで乱射してそいつを迎撃したのを覚えている。そいつがゆっくりと腹を上に向けたのも。そいつは死んだ魚のように淡い緑の腹を見せると、最後には錐揉みしながら落ちていった。

フィンのことも覚えている。

彼の機が火を噴いたとき、そばにいたのだ。火はまず彼の機の鼻づらから出て、エンジンカヴァーの上で派手に踊りはじめた。彼のハリケーンの排気口からは黒い煙が噴き出していた。

私は近づくと、無線で彼に声をかけた。「おい、フィン。脱出したほうがよさそうだ」

彼の声が返ってきた。ゆっくりとした落ち着いた声だった。「それがむずかしいんだ」

「飛び出せ」と私は叫んだ。「すぐ飛び出せ」

彼がコックピットのガラスの天蓋の下に坐っているのが見えた。私のほうに顔を向け、彼は首を振った。

「脱出はむずかしい」彼の声がした。「ちょっと撃たれちまったんだよ。腕を両方とも。だからシートベルトがはずせないんだ」

「脱出するんだ」と私は叫んだ。「頼むから脱出してくれ」すぐには答が返ってこなかった。彼の機はしばらく飛びつづけた。まっすぐに水平に。そこでゆっくりと、死んでいくワシのように翼を下げ、海に向かって落ちていった。私はそのさまを見つづけた。細く黒い煙が空にたなびくのを見つめた。そうして見ていると、無線からまたフィンの声が聞こえてきた。ゆっくりとして、はっきりとした声だった。「おれってくそラッキーなクソ野郎だよ」と彼は言っていた。「おれってほんと、くそくそラッキーなクソ野郎だ」

猛犬に注意
Beware of the Dog

下には広大な雲の海がうねっていた。上には太陽があった。雲のように白い太陽だ。これぐらいの高度だと、太陽は決して黄色には見えない。

彼はなおもスピットファイアを操縦していた。右手を操縦桿に置き、左脚だけで方向舵を操作していた。いとも簡単なことだった。機体は順調に飛行していた。彼は万事心得ていた。

すべて順調、と彼は思った。問題ない。順調だ。帰り道はわかっている。半時間もあれば到着するだろう。着陸したら、タキシングして、エンジンを切って、こう言うのだ。「降りるのをちょっと手伝ってくれないか」普段どおりの自然な口調なので、誰も気づかないだろう。そこでさらに言う。「誰か降りるのを手伝ってくれ。ひとりじゃ無理だ。

なにしろ片脚をなくしたもんでね」みんなはおれが冗談を言っているのだと思って笑うだろう。おれはさらにこう続ける。「いいだろう。疑り深いやつらだな、こっちに来て見てみろ」するとヨーキーが翼に足をかけてよじ登り、機内をのぞき込む。そして、血まみれの惨状を見て吐きそうになる。それを見て、おれは笑って言う。「なあ、頼むから、降りるのを手伝ってくれよ」

彼はもう一度右脚に眼をやった。ほとんど何も残っていなかった。機関砲で撃たれた右太腿——膝のすぐ上——にはもう何もなかった。あるのは大量の血と無残な塊だけだった。ただ、痛みはなかった。自分の体の一部ではないものを見ているような気分だった。自分とはなんの関わりもない、操縦席に突如出現したただの汚物。場ちがいで見慣れない、そしてことのほか興味深い何か。ソファの上に猫の死体を見つけたようなものだ。

実際、気分は上々だった。そのときはまだ上々だった。興奮さえしていて、恐怖はなかった。

彼は思った、救急車を呼んでもらうよう無線で連絡することもない。必要ない。着陸したら、何事もなかったかのように操縦席に坐ったまま言うのだ、誰かこっちに来て、降りるのを手伝ってくれないかな。なにせ片脚をなくしたもんでね、と。面白いはずだ。

言っているそばから自分でも笑ってしまいそうだ。落ち着いてゆっくり言えば、みんなは冗談だと思うだろう。ヨーキーが翼に足をかけてよじ登り、吐きそうな顔をしたところで、こう言うのだ、よう、ヨーキーのくそったれ、おれの車はもう修理できてるのかな、と。そして、飛行機を降りて報告をしたら、ロンドンに向かう。ウィスキーのハーフボトルを持っていって、ブルーイに渡す。彼女の部屋の椅子にふたり並んで坐り、そいつを飲む。水は洗面所の蛇口からおれが汲んでくる。寝る時間になるまではよけいなことは言わない。で、いざベッドに向かう段になったところで言うのだ。「ブルーイ、きみをびっくりさせることがある。今日、片脚をなくしちまってね。でも、きみが気にしないならおれも気にしない。痛くさえないんだ。だから、おれたちは車でどこにでも行ける。そもそも歩くのは嫌いだったからね。バグダッドの銅細工師の通りをぶらつくのを別にすれば。それだって人力車に乗っていけばいい。故郷に帰って樵になるのも悪くない。斧の頭はすぐにすっぽ抜けて飛んでいってしまうけど、でも、熱湯があればそれも解決だ。浴槽の湯に浸けておけば、柄が膨れるんだよ。このまえ帰ったときにはいっぱい木を切ったもんさ、斧を浴槽に浸けて……

　そのとき、彼は飛行機のエンジンカヴァーの上で太陽が輝いているのを見た。金属に埋め込まれた鋲に陽の光が反射していた。それを見て、彼は飛行機を操縦していることに気づき、自分がどこにいるのか思い出した。気分はもはや上々でもなんでもなく、吐き気がして、眩暈(めまい)もしているのに気づいた。首にはもう力が残っていないようで、何度も頭が胸のほうに垂れた。それでも、自分がスピットファイアを飛ばしていることはわかっていた。操縦桿のハンドルの感触が右手の指のあいだにあった。

しかし、と彼は思った、気を失いそうだ、もう今にも失いそうだ。

高度計を見た。二万一千フィート。千の単位だけでなく百の単位も読み取れるかどうか、自分を試した。二万一千いくつだ？ 目盛りがぼやけて、針さえ見えなくなった。そこで脱出しなければならないことに気づいた。一秒も無駄にできない。このままだと、意識を失ってしまう。パニックに陥り、慌てて左手で風防(キャノピー)をうしろにスライドさせようとした。が、力が足りなかった。右手を操縦桿から一瞬だけ放して、両手でかろうじてキャノピーを押し開けた。顔にあたる冷気が役に立った。意識が一気にすっきりした。動作がきびきびと正確になった。優秀なパイロットとはそういったものだ。酸素マスクから幾度かすばやく深く息を吸い込み、そうしながら操縦席の脇から外を見渡した。下には雲の海が延々と広がっているだけで、自分がどこにいるのかわからないことに気づいた。

たぶんイギリス海峡だろう。彼はそう見当をつけた。ということは、まちがいなく海に落ちるということだ。

スロットルを引き、飛行帽を脱ぎ、ベルトをはずし、操縦桿を左側に強く倒した。スピットファイアは左翼を沈め、すんなりと上下逆さまになった。機内から脱出した。

落下するあいだ、眼を開けていた。パラシュートのひもを引っぱるまでは気絶するわけにはいかない。片側に太陽が見えた。反対側には真っ白な雲が見えた。落下しながら空中で回転すると、白い雲が太陽を追い、太陽が雲を追った。雲と太陽は小さな円を描いて互いに追いかけっこをしていた。その両者の動きがどんどん速くなり、太陽になったかと思うと、次は雲になり、また太陽になって、最後には太陽がなくなり、あたり一面がいきなり真っ白になった。全世界が白一色で、その中には何もなかった。あまりの白さに、時々それが黒く見えた。そのうち白か黒のどちらかになった。たいていは白だったけれども。白から黒に変わり、また白に戻るのを彼は眺めた。白はしばらく続き、黒はほんの数秒しかもたなかった。やがて白のあいだは眠り、黒になるとすぐさま眼を覚ますようになった。黒はすぐに終わった。ときにそれは閃光のように見えた。黒い稲妻のように。白はのんびりしており、白になると決まってまどろんだ。

そんな繰り返しが何度も続いて、白になったあるときのこと、手を伸ばすと、何かに触れた。それを指のあいだにはさんでくしゃくしゃにした。横たわったまま、指が触れた何かをしばらくのあいだ指で弄んだ。やがてゆっくりと眼を開け、手のほうを見た。何か白いものをつかんでいた。シーツの端だった。生地の感触や端のかがり方で、それがシーツであることがわかった。眼を細め、すぐにまた開けた。今度は部屋が見えた。自分が寝ているベッドが見えた。灰色の壁とドア、さらに窓に掛けられた緑色のカーテンも見えた。ベッドの脇のテーブルにはバラが数本飾られていた。

そのあとテーブルのバラの横に洗面器が見えた。白いエナメルの洗面器で、その横に小さな薬瓶がひとつ置かれていた。

ここは病院だ。彼はそう思った。おれは病院にいるんだ。が、何も思い出せなかった。枕に頭を休めたまま天井を見上げ、何があったのか思い出そうとした。染みひとつない灰色の天井を、むらのない灰色を、見つめながら。ふと天井を歩く一匹のハエが眼にとまった。そのハエを眼にしたことによって——灰色の海にその小さな黒い点をふいに眼にしたことによって——まるで脳の表面を撫でられたかのように、次の瞬間、いきなりすべてを思い出した。スピットファイアを思い出し、二万一千フィートを指していた高度計を思い出した。両手でキャノピーを押し開けたことを思い出し、パラシュートで脱出したことも思い出した。そして、脚のことも。

脚はもう今は大丈夫なようだったが。ベッドの裾のほうを見てもよくわからなかった。

彼は毛布の下に片手を入れて膝を探した。片方は見つかったが、もう片方を探すと、手が柔らかくて包帯に覆われたものに触れただけだった。

ちょうどそのときドアが開き、看護婦がはいってきた。

「こんにちは」と彼女は言った。「やっと眼が覚めましたね」

彼女は美人ではなかったが、大柄で清潔だった。歳は三十歳から四十歳といったところで、髪はブロンドだった。それ以外は何もわからなかった。

「おれはどこにいるんだろう?」

「すごく運がよかったんですよ。海岸近くの森に落下したんです。ここはブライトン(イギリス南部の港町)。うちの病院に搬送されたのは二日前のことで、治療はすっかりすみました。とてもお元気そうですよ」

「おれは片脚をなくした」と彼は言った。

「大したことじゃないですよ。すぐに別の脚をつけてさしあげます。もうひと眠りしてください。一時間ほどしたら先生が診察に見えますから」看護婦は洗面器とグラスを取り上げ、部屋を出ていった。

彼は眠らなかった。眼を開けたままでいたかった。また眼を閉じてしまうと、すべてが消えてしまいそうで怖かったのだ。横になったまま天井を見た。ハエはまだそこにいた。とても精力的に動いていた。勢いよく動きだしたかと思うと、数インチ先で止まった。それからまた動き、止まり、また動き、時折、天井から飛び立っては、羽音を立てながら、でたらめな小さな円を描いた。そのあとは必ずまた天井の同じ場所に戻って、動いては止まり、動いては止まりを繰り返した。そんな動きをあまりに長く見つめていると、いつのまにか見ているのがもはやハエではなく、灰色の海に浮かぶただの黒い点になった。それでもなお見ていると、看護婦がドアを開けて脇に立った。医者がはいってきた。医者は陸軍の軍医だった。階級は少佐で、さきの大戦で受けた勲章を胸にいくつかつけていた。禿げ頭の小男ながら、人好きのする顔で、やさしい眼をしていた。

「さて、さて」と医者は言った。「ようやく目覚める決心がついたようだね。気分はどうかな？」

「悪くないです」

「よろしい。すぐに元気になるだろう」

医者は彼の手首を取って脈を測ってから言った。

「ところで、きみの中隊の仲間が何度か電話で様子を訊いてきたよ。面会に来たがっていた。しかし、一日か二日は待ったほうがいいだろうと答えておいた。きみは回復に向かっており、じきに会えるようになるとも言っておいた。安静にしてしばらくのんびりしていることだ。何か読むものはあるのかな？」医者はバラの置かれたテーブルを見た。

「ないみたいだね。だったら、何かあれば看護婦に言いなさい。欲しいものはなんでも彼女が持ってきてくれる」そう言うと、医者は手を振って部屋を出ていった。そのあとに大柄で清潔な看護婦も続いた。

ふたりが出ていくと、彼はまた真上を向いて天井を見た。ハエはまだそこにいた。そうやってハエを見つめていると、遠くから飛行機の音がした。横になったままそのエンジン音を聞いた。ずいぶん遠い音だった。機種はなんだろう？　と彼は思った。聞き分けられるだろうか。そこでいきなり首をすばやくめぐらし、耳をそばだてた。爆撃を受けた人間なら誰でもユンカース88の音を知っている。そのほかのドイツ軍爆撃機の音もほとんど聞き分けられるが、ユンカース88は特別だ。そのエンジン音は二重唱のように聞こえるのだ。太く震えるようなバスに甲高いテノール。ユンカース88の音を聞きまちがえようのないものにしているのがそのテノールの歌声だ。

横になったままその音に耳をすまし、その正体についてまちがいないと確信した。しかし、サイレンの音はしただろうか？　対空砲火は？　それにしても昼間に単独でブライトンの近くまでやってくるとは、なんとも度胸のいいドイツ野郎だ。

飛行機は近づいてくることはなく、音も遠ざかり、やがて聞こえなくなった。が、しばらくしてまた別の飛行機の音がした。今度も単独で、遠く離れていたが、太くうねるようなバスと軽快で甲高いテノールは同じだった。聞きまちがえようがない。バトル・オヴ・ブリテンのあいだ毎日ずっとその音を聞いてきたのだ。

わけがわからなかった。ベッドのそばのテーブルにベルが置いてあった。手を伸ばし、そのベルをつかんで鳴らした。やがて廊下を近づいてくる足音が聞こえ、看護婦が姿を現わした。

「看護婦さん、さっきの飛行機はなんだい？」

「なんのことかしら。飛行機の音なんて聞こえませんでしたけど。でも、聞こえたのならたぶん戦闘機か爆撃機でしょう。フランスから戻ってきたところなんじゃないかしら。でも、どうして？　それがどうかしました？」

「あれはユンカース88だったよ。まちがいなくユンカース88だ。おれにはエンジンの音がわかるんだ。二機来た。やつらはここでいったい何をしてるんだ？」

看護婦はベッドの脇まで来ると、シーツの皺を伸ばして、マットレスの下にたくし込みながら言った。

「おやまあ、何を考えておられるのかと思ったら。そういう心配はもうしないことです。何か読むものを持ってきましょうか？」

「いや、けっこうだ」

看護婦は枕を叩いてふくらませ、彼の額から髪を払った。

「彼らはもう昼のあいだはやってきません。ご存知でしょうけど。たぶんランカスターかB17、そんな爆撃機だったんですよ」

「看護婦さん」

「はい？」

「煙草は吸えるのかな？」

「もちろん」

看護婦はいったん部屋から出て、すぐに〈プレイヤーズ〉を一箱とマッチを持って戻ってくると、彼に一本差し出した。そして、彼がそれを口にくわえると、マッチをすって火をつけた。

「用があるときにはまたベルを鳴らしてくださいね」そう言って、看護婦は出ていった。

夕暮れ近くにまた別の飛行機の音が聞こえた。遠かったが、単発機だということはわかった。かなり速度を出していた。機種まではわからなかったが、スピットファイアでもなければ、ハリケーンでもない。アメリカ軍機のエンジン音でもなさそうだった。やつらの音はもっとうるさい。どの機種かわからないことに彼は少なからず不安を覚えた。

きっとおれは病気なんだ。ただ妄想してるんだろう。いくらかは意識が混濁しているのかもしれない。自分が何を考えているのかもわかってないんだろう。

その夜、看護婦が熱い湯を入れた洗面器を持ってきて、彼の体を拭きはじめた。

「ねえ」と彼女は言った。「あなた、まだ空襲が続いているなんて思ってないでしょうね」

看護婦は彼のパジャマの上着を脱がせ、石鹸をつけた浴用タオルで右腕をこすった。

彼は返事をしなかった。

看護婦は浴用タオルを湯に浸してすすぎ、石鹸をこすりつけ、彼の胸を拭きながら言った。

「今晩は具合がよさそうですね。あなたは運び込まれてすぐに手術を受けたんだけれど、すばらしい手術だったわ。じきによくなりますよ。わたしも空軍に兄弟のひとりがいるんです」そう言って、彼女はつけ加えた。「爆撃機に乗ってるの」

彼は言った。「おれはブライトンの学校にかよってたんだ」

看護婦はすばやく顔を起こして言った。「あら、そうですか。それはいいですね。だったらきっと町にはお知り合いがいらっしゃるんでしょうね」

「ああ」彼は言った。「大勢いる」

看護婦は彼の胸と腕を拭きおえると、次に上掛けをめくった。彼の左脚があらわになった。が、切り株のような彼の右脚は寝具の下に隠れたままにされた。看護婦はひもをほどいてパジャマのズボンを脱がせた。包帯の邪魔にならないように、ズボンの右脚の部分は切り落とされていたので、脱がせるのは簡単だった。彼女は彼の左脚とほかの部分を拭きはじめた。彼にしてみればこれは初めての清拭で、恥ずかしかった。彼の脚の下にタオルを敷き、足を浴用タオルで拭きながら看護婦が言った。「この石鹸、ちっとも泡が立たないんですよね。水のせいで。ここの水は爪みたいに硬いから」

彼は言った。「今のご時世、上等な石鹸なんてどこでも手にはいらないだろう。それにそもそも硬水を使うんじゃ、無理だよ」そう言いながら、彼はあることを思い出した。ブライトンの学校でよくはいった風呂。四つの浴槽を一列に並べた細長い石敷きの浴場だった。水がひどい軟水だったので、湯に浸かったあとはシャワーで泡を洗い流さなければならなかった。また、浴槽に張った湯には自分の脚が見えないほどの泡が浮かんでいたのも思い出した。軟水は歯の健康によくないという学校医の意見に従って、時々カルシウム剤が配られていたことも。

「ブライトンの水は……」

そう言いかけて、彼は口を閉ざした。あまりに突飛で、あまりに馬鹿げたことをふと思いつき、それを看護婦に話して笑わせようと思ったのだが……

顔を起こして看護婦が言った。「水がどうかしました？」

「なんでもない」彼は答えた。「どうでもいいことを考えてた」

看護婦は浴用タオルを洗面器に浸けて洗い、彼の脚から石鹸を洗い落とすとタオルで拭いた。

「こうして体をきれいにしてもらうってのはいいものだな」と彼は言った。「さっぱりしたよ」そう言って、手のひらで顔を撫でた。「ひげを剃らないと」

「それは明日にしましょう」と看護婦は言った。「たぶん自分でできるかも」

その夜、彼は寝つけなかった。横になっていても眼が冴え、ユンカース88と硬水のことばかりが頭に浮かんだ。ほかのことは何も考えられなかった。あれはユンカース88だ、と彼は自分に言い聞かせた。それはわかりきっている。しかし、それはありえないことでもある。白昼堂々とこんなところを低空飛行するわけがない。まちがいないはずなのに、ありえない。たぶんおれは病気なんだ、と彼は思った。自分は馬鹿みたいな振る舞いをしているのだ。自分がどんなことをしているのか、どんなことをしゃべっているのかも、わからないまま。もしかしたら錯乱しているのか。ベッドに横になったまま、彼はそんなことを長いこと考え、一度など起き上がって声に出して言った。「自分がいかれてなどいないことを証明するんだ。何か複雑で知的なことについて演説してみよう。戦争が終わったらドイツをどうするかについて話してみよう」口に出してそう言ったものの、話そうとしたときにはもう眠っていた。

ちょうどカーテンの隙間から日光が射し込みかけたところで眼を覚ました。室内はまだ暗かったが、外がすでに明るくなりかけているのがわかった。ベッドに横になったまま、カーテンの隙間から射し込むほのかな光を見つめていると、昨日のことが思い出された。ユンカース88と硬水のことだ。大柄で愛想のいい看護婦と気さくな軍医のことも。しかし、今は心の中の疑念の種が根を張り、すでに育ちはじめていた。

病室を見まわした。バラはゆうべのうちに看護婦によって片づけられ、煙草とマッチ箱と灰皿が置かれたテーブル以外は何もなく、いかにも殺風景な病室だった。今では居心地のよさも消えていた。冷たくてからっぽで、どこまでも静かな部屋だった。

疑念は徐々に大きくなり、そこに不安が加わった。といっても、軽い不安だったが。警鐘を鳴らしはするものの、恐ろしくはない不安だ。怖さからではなく、どこかおかしいという思いから来る不安。それでも、その疑念と不安はすぐにむくむくとふくらみ、彼は落ち着かなくなり、段々腹立たしくもなってきた。額に触れると、じっとりと汗ばんでいた。彼は思った、何か行動を起こさなくては。自分の考えはまちがっているのか、それともまちがっていないのか、なんらかの方法で確かめなければ。顔を起こして、また窓と緑色のカーテンを見た。窓は彼が横になっているベッドのちょうど正面にあったが、それでも十ヤードは離れていた。なんとかしてそこまで行って外を見る必要があった。そう思うと、そのことが頭から離れなくなり、窓のことしか考えられなくなった。でも、どうやってこの脚で行く？　上掛けの中に手を入れ、右側に残されたもののすべて――厚く包帯が巻かれた脚の切断面――を探った。なんとかなりそうだ。痛みはない。簡単にはいかないとしても。

彼は上体を起こした。上掛けを脇によけ、左脚を床におろした。ゆっくりと慎重に、両手が床につくまで体をよじってベッドを抜け出すと、絨毯の上に膝をついた。切り株のような右脚を見た。包帯が巻かれた右脚はとても短くて太かった。痛みはじめていた。どくどくと脈打っているのがわかった。もうそこでやめてしまいたかった。もう何もしないで、絨毯の上に横たわっていたかった。でも、進まなくてはならない。彼はそう思った。

両手と片脚を使って窓に向かって這った。できるだけ遠くまで両腕をまえに伸ばして小さく跳ね、左脚をそのあとに続かせた。そのたびに傷口に衝撃が走り、低いうめき声が洩れた。それでも両手と片膝で這いつづけた。窓に着くと、手を片方ずつ伸ばして窓敷居をつかみ、ゆっくりと体を持ち上げて左脚で立った。そして、すばやくカーテンを引いて外を見た。

　細い小径沿いに灰色の屋根の小さな家が一軒見え、そのすぐうしろに耕作地があった。家の前庭には雑草が生い茂り、生垣がそんな庭と小径とを隔てていた。その生け垣を見ていて、立て札に気づいた。短い支柱の先端に板を釘でとめただけの簡素な立て札だった。生け垣は長いこと手入れされていないようで、枝が伸び放題になっていた。そのため、その立て札はまるで生け垣の中に立てられているように見えた。白い塗料でなにやら書かれていた。なんと書かれているのか、彼は顔を窓ガラスに押しつけて読もうとした。最初の文字は〝G〟だった。二番目は〝A〟、三番目は〝R〟。文字は一文字ずつどうにか読めた。単語は三つ。なんとか読みながら、自分に言い聞かせるように声に出して綴った。G―A―R―D―E、A―U、C―H―I―E―N。ガルド・オー・シアン（フランス語で〝猛犬に注意〟の意）。そう書いてあった。

　彼は窓敷居のへりを両手でしっかりとつかみ、片足でバランスを取って立ったまま、立て札と白い塗料で書かれた文字に眼を凝らした。しばらくのあいだ、何も考えられなかった。そこに立って立て札をじっと見ながら、書いてあることばを何度も唱えた。徐々にすべての意味が明らかになってきた。小さな家と耕作地に眼をやった。小さな家の左脇の小さな果樹園を見た。その向こうに広がる緑豊かな田園も見て、つぶやいた。

「ここはフランスだ。おれはフランスにいるんだ」

右腿がずきんずきんと脈打ってひどく痛みだした。切り株のようになっているところをまるで誰かにハンマーで叩かれているかのようだった。そんな痛みが不意にとてつもなく強くなり、頭がぼうっとしてきた。倒れる。一瞬、そう思った。慌ててまた膝をつき、這ってベッドに戻ってよじ登った。上掛けを引き上げて仰向けになり、頭を枕にのせた。疲労困憊していた。まだ何も考えられなかった。耕作地と果樹園と生け垣のそばに立っている、あの小さな立て札のこと以外は何も。立て札に書かれたことばが頭から離れなかった。


しばらく経って、看護婦がやってきた。湯を張った洗面器を持ってきていた。「おはようございます。今朝の具合はどう？」

彼は答えた。「おはよう、看護婦さん」

包帯の下の痛みはまだひどかった。が、この女には何も言いたくなかった。彼は体を拭く準備を忙しげにする看護婦をとくと眺めた。これまでより注意深く観察した。とても色の薄いブロンド。背が高く、がっしりとした体格。人好きのする顔。しかし、その眼はどこか不安を覚えさせた。彼女の眼は常に動いていた。彼女の視線は決して一個所にとどまらず、どんなものも落ち着いて見ることはなく、室内のあちこちをさまよっていた。動作についても何かあった。なにげないふうに話すわりには、動きが鋭すぎ、どこかぴりぴりしていた。

洗面器を置くと、看護婦は彼のパジャマの上着を脱がせて体を拭きはじめて言った。

「ゆうべはよく眠れました？」

「ああ」

「よかった」と彼女は彼の両腕と胸を洗いながら言った。

「朝食のあとで誰か航空省の方が面会に来るそうです。報告書か何かが要るんですって。どういうことか、きっとあなたならご存知だと思いますけど。どんなふうに撃墜されたのかとか、そういうことです。でも、長居はこのわたしがさせませんから。心配しないでくださいね」

彼は答えなかった。彼の体を洗いおえると、看護婦は歯ブラシと歯磨き粉を差し出した。彼は歯を磨き、口をすすいだ水を洗面器に吐き出した。

しばらくのち、看護婦は朝食をトレイにのせてやってきた。が、彼はすっかり食欲をなくしていた。まだ体に力がはいらず、気分が悪かった。ただじっと横になって、いったいどういうことなのか考えたかった。あることばが頭を駆けめぐっていた。ジョニーのことばだ。ジョニーは同じ飛行中隊の情報将校で、毎日パイロットたちが飛び立つまえに必ずそのことばを口にしていた。ジョニーの姿が眼に浮かんだ。ジョニーがパイプを手に、分散して建てられた簡易兵舎の壁にもたれて言っていた。「やつらに捕らえられたら、これだけは忘れるな。言っていいのは名前と階級と認識番号だけだ。それ以外は一切何も言うな。いいか、一切何も言うんじゃない」

「はい、どうぞ」看護婦が朝食のトレイを彼の膝の上にのせた。「卵を持ってきました。ひとりで食べられます？」

「ああ」

彼女はベッドのすぐ脇に立った。「気分は悪くありませんか？」

「ああ」

「よかった。卵がもっと欲しかったら、たぶんもうひとつぐらいは持ってこられると思います」

「これでけっこうだ」

「それじゃ、ほかに何かあったら、ベルを鳴らしてくださいね」そう言って、看護婦は出ていった。

そして、彼がちょうど食事を終えたところで、またやってきた。

「ロバーツ空軍中佐がお見えです。面会は数分にしてくださいって言ってあります」

彼女が手招きをすると、空軍中佐がはいってきた。

中佐は言った。「療養の邪魔をしてすまない」

どこにでもいそうな中佐だった。いくぶん着古した感じのする制服に、空軍殊勲十字章と数個の航空章をつけていた。なかなかの長身で、痩せていて、髪は豊かな黒髪だった。歯並びが悪く、歯と歯のあいだの隙間がめだち、閉じた口から少しはみ出すほどの出っ歯だ。話しながら、ポケットに入れていた記入用紙と鉛筆を取り出し、椅子を持ってきてその椅子に坐ると言った。

「気分はどうだね？」

返事はなかった。

「脚は気の毒だった。きみの気持ちはよくわかる。しかし、撃たれるまえの働きぶりは見事だったと聞いている」

ベッドの上の男は横になったまま、身じろぎすることもなく、椅子の男を見つめていた。

椅子の男は言った。「よし、さっさと終わらせてしまおう。悪いが、いくつかの質問に答えてもらわなきゃならない。戦闘詳報を書かなきゃならないんでね。そう、それじゃ、まず、所属の飛行中隊は？」

ベッドの男はじっと動かず、空軍中佐を見すえて言った。

「私の名前はピーター・ウィリアムソン。階級は少佐、認識番号は九七二四五七」

このこと以外に
Only This

その夜は霜がひどかった。垣根を覆い、牧草地の草を白く染め、まるで雪が降ったかのようだった。それでも夜そのものは空気が澄み、星のまたたく気持ちのいい夜で、空にはほぼ満月の月がかかっていた。

その小さな家は広い牧草地の隅に建っていて、家の玄関から牧草地の中を小径が柵に掛けられた踏み越し段のところまで続き、さらにその隣りの牧草地を越えて、道路に面した門まで延びていた。村まではほぼ三マイル。見るかぎりほかに家はなく、あたりには広々として平らな田園風景が広がっていたが、多くの牧草地が戦争のために今は農耕地に転用されていた。

月がその小さな家を照らし、月の光が開け放たれた窓から寝室に射し込んでいた。べッドには女がひとり眠っていた。顔を天井に向け、仰向けになって眠っていた。長い髪が枕の上に広がっていた。眠っているのに、女の顔は休んでいる人の顔ではなかった。かつては彼女も美しかった。が、今では額に薄い皺(しわ)が何本か走り、一方、頬骨の上の皮膚はぴんと張りつめたようになっていた。ただ口元は今でもやさしかった。彼女はその口を開いたまま眠っていた。

寝室は狭く、天井も低く、家具はと言えば、鏡台と肘掛け椅子があるだけだった。服は脱いだときのまま肘掛け椅子の背もたれに掛けられていた。彼女の黒い靴は椅子のそばの床に置かれていた。鏡台の上にはヘアブラシ、手紙、それに大きな写真があった。左胸のところに一対の翼の徽章がつけられた軍服を着た若者の写真で、若者は笑っていた。いかにも息子が母親に好んで送る類いの写真だった。しかし、その写真は薄い木でできた黒い枠の写真立てに入れられていた。開かれた窓から射し込む月の光の中で、彼女は心も体も休まらない眠りを眠っていた。音はどこからも聞こえていなかった。柔らかで規則的な彼女の寝息と、彼女が寝返りを打つたびに夜具がこすれる音以外は何も。

そこへ遠くから低くて柔らかな連続音が聞こえてきた。その音はみるみる大きくなり、やがて最後には空全体が振動するような、いつまでもその振動をやめないような、とてつもなく大きな音になった。

最初から——近づいてくるまえから——彼女にはその音が聞こえていた。眠りながらその音を待ち、その音に耳をすまし、その音がやってくる瞬間を恐れていた。それが実際に聞こえると、眼を開け、じっと横たわったまま、耳をそば立てた。それから上体を起こすと、夜具を脇に押しやってベッドから出た。そして、窓辺まで歩くと、窓敷居に両手を置いて、身を乗り出し、空を見上げた。彼女の長い髪が肩に——彼女が着ている薄いコットンの寝間着の上に——垂れた。寒さの中、彼女は長いことそうやって立っていた。窓から身を乗り出し、音を聞き、空を見上げ、空の中に何かを見つけようとしていた。が、見えたのは明るい月と星だけだった。

「神さまがあなたをお守りくださいますように」と彼女は声に出して言った。「ああ、神さまのご加護があなたにありますように」

そう言うと、すばやくベッドに戻り、毛布を取り上げてショールのように肩にまとった。それから裸足のまま黒い靴を履いて肘掛け椅子のところまで行くと、椅子を押し出し、窓のまえまで持ってきてそこに坐った。

頭上のたえまない音はとても大きかった。爆撃機の大編隊が南に向かうあいだじゅう鳴り響きつづけた。彼女は毛布にくるまり、その間ずっと窓から空を見上げていた。

やがて音が消えた。夜にまた静寂が戻った。牧草地も垣根もぶ厚い霜に覆われたまま、あたり全体がまるで息をひそめているかのようになった。軍隊が空を行軍しはじめると、その行軍のルート沿いにいる者には——その音を聞きつけた者には——その音が何を意味するのか即座にわかるからだ。すぐに戦いのあることが。自分たちが床に就くまえにさえ戦いの始まることが。だから、パブでビールを飲んでいた男たちもみな話すのをやめて、耳をすますのだ。家の中にいた家族たちもラジオを消し、庭に出て、立ったまま空を見上げるのだ。野営テントで激論を交わしていた兵士たちも怒鳴り合いをやめるのだ。夜に仕事を終え、工場から家に歩いて帰る男も女も路上で足を止めて、その音を聞くのだ。

それはいつも同じだ。夜に爆撃機が国を南下する音を聞きつけると、人は不思議とことば少なになる。そして、それは爆撃機に乗っている夫や息子を持つ女にとって耐えがたいひとときとなる。

その音も去り、彼女は肘掛け椅子の背にもたれ、眼を閉じた。が、眠ったわけではなかった。その顔は白く、頬のあたりの皮膚がぴんと張り、それが目元で皺になっていた。口は開かれ、誰かの話を聞いているかのように見えた。彼は野良仕事を終えて帰ってくると、窓の外から彼女をよく呼んだものだが、その声がほとんど聞こえてきそうだった。

腹をすかした彼が今日の夕食は何かと訊く声が聞こえた。そのあと家の中にはいってくると、彼は彼女の肩に腕をまわして、その日一日どういうことをしたか彼女に話した。そして、彼女が料理を出すと、食卓について食べはじめ、いつも訊いてきたものだ、母さんも一緒に食べないのかと。彼女にはその答がわかったためしがなかった。自分はお腹がすいていないという以外何も。だから、いつも坐って彼を見つめ、紅茶を注ぎ、すばらくすると彼の皿を持ってキッチンにはいり、おかわりをよそうのだった。

子供がただひとりしかいないというのは辛いことだ。その子供がそばにおらず、その身に何か起こるかもしれないということをずっと理解していることのむなしさ。このこと以外に生きる意味など何もない。それは心の奥深いところでわかっている。何かがほんとうに起きたら、自分はもう生きてはいないだろう。床を掃くことにも皿を洗うことにも家の中を掃除することにも、もうなんの意味もなくなるだろう。暖炉のための焚き木を集めたり、鶏に餌をやったりすることにも。生きていくことにも。

開け放った窓のそばに坐っていても、今は寒くなかった。途方もない孤独と途方もない恐怖を覚えるだけだった。その恐怖が彼女をとらえ、彼女の中でふくらんだ。耐えられなくなって、彼女は立ち上がると、また窓から身を乗り出して空を見上げた。見上げても、もう空は心地よい夜の空ではなくなっていた。ただ澄んでいて寒くてどこまでも危険な空になっていた。彼女は牧草地にも生け垣にもあたり一面に降りている霜にも眼を向けなかった。ただ空の深さを、そこにある危険だけを、見つめた。

ゆっくりと振り返り、沈み込むようにまた椅子に坐った。恐怖がとてつもなく深まっていた。何も考えられなかった。彼に会って、彼のそばにいなければならないということ以外何も。今会う必要があった。明日では遅すぎる。頭を椅子の背もたれにあずけて眼を閉じると、飛行機が見えた。月明かりの中、はっきりと見えた。巨大な黒い鳥のように夜を飛んでいた。彼女はそのすぐそばにいて、飛ぶ鳥が一途にまえに突き出した首さながら、機首がなによりはるか遠く前方に突き出ているのが見えた。翼と機体に書かれた標章も見えた。彼がその飛行機に乗っていることがわかった。二度、彼女は彼の名を呼んだ。が、返事はなかった。彼女の中で恐怖と恋しさがみるみる募り、最後にはもう耐えられなくなった。その思いが彼女をまえに押しやった。夜を駆けさせ、さらに駆けさせ、彼女を彼のすぐそばまで連れていった。手を伸ばせば、彼に触れられるほどのところまで。

彼は手袋をはめ、とてつもなくかさばる飛行服を着て、操縦席に坐っていた。その飛行服が彼の体を実際の大きさより二倍は大きく、不恰好で巨大なものに見せていた。本人は眼のまえのパネル上の計器をまっすぐに見すえていた。自分のしていることに集中し、飛行機を飛ばすこと以外何も考えていなかった。

彼女がまた名前を呼ぶと、今度は聞こえたようだった。首をめぐらし、彼女を見ると、笑みを浮かべて手を伸ばし、彼女の肩に触れた。それでいっぺんに恐怖も孤独も渇きも消し飛んで、彼女は幸せな気持ちになれた。

そのあとは長いこと彼のそばに立って、彼が飛行機を操るのを見守った。彼は時々彼女のほうを向いて微笑みかけ、一度何かを言った。が、エンジンの音に邪魔され、なんと言われたのか、聞き取れなかった。そこでいきなり彼が飛行機の風防ガラス越しに前方を指差した。見ると、サーチライトが前方の空を埋め尽くしていた。何百もあった――長くて白い光の指がゆるやかに空を行き来していた。こっちでもあっちでもいっせいに揺れ、時々何本かが一緒になっていた。同じ場所で交わっては、そのあとは互いに離れ、また別の場所で出会うという動きを繰り返していた。そうやって片時も休まず夜を照らし、目標に向かってやってくる爆撃機を探していた。

サーチライトの向こうに対空砲火が見えた。砲弾が下の町から発射され、色とりどりの弾幕となって、空中で炸裂するたび、その閃光が爆撃機の内部を照らした。

彼はまっすぐまえを見すえていた。飛行に専念していた。サーチライトの中を縫うようにして飛び、対空砲火の弾幕にまっすぐ向かっていた。彼女は見守った。あえて動こうとも話しかけようともしなかった。職務から彼の注意をそらすのが怖かった。

左側の一番近いエンジンから噴き上がった炎を見て、被弾したことが彼女にもわかった。風防ガラス越しにその炎を見つめた。炎が翼の表面を舐め、風が炎を後方に吹きやるのを。炎が翼をとらえ、黒い機体の表面で躍り、操縦席の真下までやってくるのを。最初のうちは怖くなかった。彼がいたって冷静に操縦席に坐っているのが見えたから。彼は何度も一方に眼をやり、炎を確かめながら飛行機を飛ばしつづけ、一度などすばやく首をめぐらして彼女に微笑みかけた。だから、危険など何もないことが彼女にはわかっていた。まわりを見まわすと、サーチライトと対空砲火とその炸裂と曳光弾の色だらけだったけれど。空がもはや空でなくなっていて、光と炸裂に満ちた閉ざされた空間と化しており、そんなところを通り抜けるなどとてもできないことに思えた。

さらに左の翼の炎が勢いを増していた。翼の表面全体に広がっていた。翼の骨組を食べて生きていた。激しく活動していた。風に煽られ、うしろに傾きながらも。風は炎を煽り、勢いづかせるばかりで、消そうとはしてくれなかった。

そこで爆発が起きた。まばゆいばかりの白い閃光とともに、ふくらませた紙袋を誰かが割ったようなパンといううつろな音がした。そのあとは炎と白っぽい灰色の煙だけになった。炎が操縦席の床からも風防ガラスからも中にはいり込んできた。充満した煙に何も見えなくなった。息もほとんどできなくなった。彼女は怖くなった。一気にパニックに陥った。それは彼がなおも操縦席に坐っていたからだ。なおも飛行機を飛ばそうとしていたからだ。操縦輪を右に左にまわして、機体を安定させるのに悪戦苦闘していた。そこでいきなり冷気に打たれた。体を屈めた人影がいくつか慌てて彼女の脇を通り抜け、燃えている飛行機から脱出したような、ぼんやりとした気配があった。

今や飛行機は炎の塊と化していた。煙を通して、彼が操縦席に坐っているのが見えた。ほかの乗組員が次々に脱出する中、ただひとり操縦輪を相手に闘っていた。炎がすさまじいので、片腕で顔を覆いながら。彼女はそんな彼のところまで走ると、肩をつかんで揺さぶりながら叫んだ。「来て、早く。出ないと。早く、早く、早く！」

そこで彼女は彼の頭がすでにまえに垂れ、力をなくし、意識も失っていることに気づいた。狂ったように彼女は彼を操縦席から引きずり出し、ドアのほうへ連れていこうとした。が、彼はもうすっかり力をなくしていた。それに重すぎた。煙が彼女の肺と咽喉を満たしはじめ、彼女は吐きそうになり、空気を求めて喘いだ。もはやヒステリー状態になっていた。死に抗い、あらゆるものに抗って、どうにか彼の腋の下に手を差し込むと、少しだけドアのほうに引きずった。しかし、それ以上彼を運ぶのは無理だった。彼の脚が操縦輪にからまり、彼女にははずせないバックルがどこかにあった。そこで彼女も悟った。もう何もできないことを。希望などもうどこにもないことを。煙と炎がありすぎ、時間がなかった。彼女の体からいきなりすべての力が抜けた。彼の上にくずおれ、彼女は身も世もなく泣きはじめた。これまで絶えてあげたことがないような声をあげて。

そこで機体が回転し、恐ろしい降下が始まり、彼女は炎の中に放り出された。最後に炎の明るい黄色が見え、煙の焦げくさいにおいがした。

彼女は眼を閉じ、頭を椅子の背にあずけていた。彼女の手は、体にきつく巻きつこうとするかのように毛布をつかんでいた。

空の低いところに月がかかっていた。髪は肩に垂れていた。

厚くなっていた。音はどこからも聞こえない。牧草地と生け垣に降りている霜がそれまでより音が聞こえ、それが徐々に大きくなり、ついには空全体がその音と帰ってきた者たちの歌声に満たされた。そのうち南の遠くから低く柔らかな連続

しかし、窓辺に坐っている彼女はもはや身じろぎひとつしなかった。少しまえからもうすでに息絶えていた。

あなたに似た人

Someone Like You

「ビールかい？」

「ああ、ビールにしよう」

私が注文すると、ウェイターが壜ビールを数本とグラスをふたつ持ってきた。ふたりともグラスを傾けてビールの壜の口をグラスに寄せ、各々注いだ。

「乾杯」と私は言った。

彼はうなずいて応じた。互いにグラスを掲げて飲んだ。

彼に会うのは五年ぶりで、そのあいだ彼はずっと戦闘に出ていた。開戦のときから今に至るまでずっと戦っていた。そんな彼の変わりようは一目でわかった。威勢のいい若者だった彼が歳を取り、分別がついて、おだやかな人間になっていた。傷ついた子供のようにおとなしくなっていた。くたびれた七十歳の老人のように老け込み、まるで別人のようになっていた。彼があまりにも変わってしまっていたので、最初はふたりともなんとなく気まずかった。すぐにはことばが出てこなかった。

彼は開戦当初にはフランスで戦闘機に乗り、バトル・オヴ・ブリテンのあいだは本国にいた。本土での戦闘がないときにはエジプトの西部砂漠にいた。ギリシアやクレタ島にもいた。シリアにも、クーデターのさなかのイラクのハバニヤにもいた。北エジプトのエル・アラメインにもいた。シチリア島でもイタリア本土でも飛び、帰還したあとはまたイギリス本土から飛び立っていた。そして、今や老人になっていた。

小柄な男で上背はせいぜい五フィート六インチ、青白くて、顎が鋭くとがった、隠しごとなどひとつもなさそうな屈託のない顔をしていた。眼は黒く澄んでいて、相手の眼を見つめるとき以外はいっときも定まらず、黒い髪はぼさぼさで、いつも一房だけ額にかかっており、それをたえず手で掻き上げていた。

しばらくのあいだは気づまりで、ふたりとも口を開かなかった。彼はテーブルをはさんで私の向かいに腰かけ、ややまえかがみになって、冷えたビールを注いで、グラスについた水滴に指をすべらせていた。グラスを見つめ、自分のしていることに気を取られているふりをしていた。何か言いたいことがあるのにどう言えばいいのかわからない。

そんなふうに見えた。私は黙って坐ったまま皿からナッツをつまみ、ぼりぼりと音をたてて食べた。気にするようなことは何もない、食べる音がしていようと気にもかけていないというふうに。

　彼はなおもグラスに指をすべらせながら、顔を上げずにゆっくりと静かな声で言った。

「まったく。自分がウェイターか売春婦だったらよかったのにな」

　そう言って、グラスを手に取り、おもむろに口に持っていくと、一度口をつけ、そのあとは一気に二口で飲み干した。何か心に引っかかっているものがあるのだろう。それを話すための勇気を掻き集めているのだろう。見ていてそれは私にもわかった。

「もう一本頼もうか」と私は言った。

「そうだな、ウィスキーにしよう」

「よし、ウィスキーだ」

　スコッチのダブルをふたつとソーダを注文し、ふたりでスコッチにソーダを注いで飲みはじめた。彼はグラスを取り上げて口をつけ、いったん下に置いてからまた取り上げ、また少し飲んだ。そして二度目にグラスを置いたところで、身を乗り出していきなり話しはじめた。

「なあ、爆撃の最中、おれはずっと考えてる。標的の上にさしかかって、まさに爆弾を投下しようとするときにいつも胸にこうつぶやくんだ。ちょっとばかり方向をずらしてみようか、ほんのわずか脇にそらしてみようか、そしたらおれの爆弾は別の誰かに命中することになるって。誰の上に落としてやろうか、今夜は誰を殺してやろうか、ずっとそんなことを考えてる。今夜はどの十人を、どの二十人を、それともどの百人を殺してやろうかって。それはすべておれ次第だ。今じゃ出撃するたびにそんなことを考えてる」

彼は小さめのナッツを一粒つまみ、それを親指の爪で粉々に砕きながら話した。自分の話に自分で決まりが悪くなったようで、うつむいて手元をじっと見つめていた。

そのあといたってゆっくりとした口調で続けた。「足の親指の付け根のふくらみで方向舵のペダルをそっと押すだけで、自分でもそれと気づかないくらいのわずかな力をかけるだけで、別の家、別の人間に爆弾を落とすことになる。それもすべて自分次第、何もかもがおれの胸ひとつで決まる。出撃するたびにどの人間が死ぬことになるのか決めなきゃならない。足の親指の付け根で方向舵をちょっと押すだけでそれが決められる。自分でも気づかないうちに決められる。座席で姿勢を変えようとわずかに体を傾ける、それだけで別の人間が大勢死ぬことになる」

グラスの水滴はもう乾いていたが、彼は相変わらず右手の指ですべらかな表面を上下に撫でていた。

「わかってるよ」と彼は言った。「複雑に考えすぎてるのはわかってる。あまりにとりとめのない話だ。でも、爆撃の最中はそんな考えが頭から離れないんだよ。なにしろ足の親指の付け根でほんの軽く押すだけのことだ。爆撃手も気づかないくらい軽く方向舵に触れるだけのことだ。で、出撃するたびにおれは胸のうちにつぶやくわけだ、こいつらにしようか、それともあいつらにしようか、どっちがより悪いやつらなんだろうって。ちょっと左に足をすべらせれば、女を狙い撃ちしてるシラミたかりのくそドイツ兵を山ほど殺せるかもしれないし、足をすべらせたせいでドイツ兵を撃ちそこなって、防空壕の年寄りを死なせることになるかもしれない。でも、そんなこと、おれにわかるわけがない、だろ？　そんなことは誰にもわかるわけがない」

そこで彼はいったんことばを切り、空になったグラスをテーブルの真ん中に押しやった。

「だから、おれは方向をずらしたりはしない」彼はまた続けた。「少なくともほとんどやったことはない」

「おれは一度やったことがある」と私は言った。「機銃掃射だった。道路の反対側にいるやつらをかわりに殺そうと思ったんだ」

「誰でもやることだよな」と彼は言った。「もう一杯飲まないか?」

「ああ、もう一杯飲もう」

私はウェイターを呼んで注文した。待っているあいだ、私たちは店の客を見まわした。そろそろ六時になろうという頃で、店は混みはじめていた。私たちは店にはいってくる客を眺めた。客たちはあちこちに立って空いているテーブルを探し、腰を落ち着けると、笑いながら飲みものを注文していた。

「あの女を見ろよ」と私は言った。「ちょうど今、あのテーブルに坐った女だ」

「彼女がどうした?」

「スタイルが抜群だ」と私は言った。「惚れ惚れするような胸だ。ほら、あの胸を見てみろよ」

ウェイターが飲みものを運んできた。

「スティンカーの話をしたことがあったっけ?」と彼は言った。

「スティンカーって誰だ?」

「マルタにいたスティンカー・サリヴァンだ」

「聞いたことないな」

「スティンカーの犬の話は?」

「それもない」

「スティンカーは犬を飼ってた。大きなシェパードだ。やつはその犬を父親や母親みたいに愛してた。持てるものすべてを愛するみたいに愛していた。犬もスティンカーによくなついていて、どこに行くにもスティンカーのあとをついてった。スティンカーが出撃したときには、格納庫のまえのアスファルト舗装した地面に坐って、じっと帰りを待っていた。名前はスミス。スティンカーはほんとうにその犬を可愛がってたんだ。母親のように愛していて、一日じゅう話しかけてた」

「ひどいウィスキーだな」と私は言った。

「ああ、そうだな。もう一杯飲もう」

私たちはウィスキーをまた注文した。

「ところが」と彼は話を続けた。「ある日、おれたちの中隊はエジプトに移動するように命じられた。すぐに出発しなきゃならなかった。二時間以内とかその日のうちにとかではなくて、すぐにだ。なのにスティンカーの犬はどこかに行っちまった。スミスはどこにもいなかった。スミスって大声で呼びながら、スティンカーは犬を探して飛行場じゅうを駆けずりまわった。会う人会う人に半狂乱でどこかで見なかったかって尋ねてまわって、飛行場のいたるところで、スミス、スミスって名前を叫んだ。だけど、スミスはどこにもいなかった」

「いったいどこに行ったんだ？」と私は尋ねた。

「どこにもいなかった。それでも、おれたちは出発しなきゃならなかった。スティンカーはスミスを置き去りにして行かなきゃならなくなって、頭がすっかりおかしくなっちまった。同じ飛行機に乗っていた隊員が言うには、犬は見つかったかって、ひっきりなしに無線で尋ねてたそうだ。ヘリオポリスに着くまでずっとスミスは見つかったかってマルタの連中に尋ねつづけた。マルタの連中はそのたびに、いや、見つかってないって答えつづけた」

「このウィスキーはほんとにひどい」と私は言った。

「ああ。もう少しもらわないとな」

店にはよく気がつくウェイターがいた。

「おれはスティンカーの話をしてたんだったよな」と彼は言った。

「そうだ、話してくれ」

「エジプトに着いたあとは、スティンカーはスミスの話しかしなくなって、どこに行くにも犬が一緒にいるみたいに振る舞ってた。あの馬鹿、〝こっちに来い、スミス。ほら、こっちだ〟なんて歩きながら言うんだよ。顔を下に向けて、まるでそこに犬がいるみたいに話しかけたりもした。手を伸ばして頭を撫でるような仕種もした。そうやって、いもしない犬を可愛がったんだ」

「どこにいたんだろう？」

「マルタにいたと思うけど。そうとしか考えられないよ」

「これはほんとにひどいウィスキーだな、ええ？」

「ひどい代物だ。これがなくなったら、もう少しもらわないとな」

「乾杯だ」

「乾杯」

「ウェイター、おい、ウェイター。そうだ、もう一杯」

「やっぱりスミスはマルタにいたのか」

「そう」と彼は言った。「スティンカー・サリヴァンっていうその阿呆は死ぬまぎわまでそんなふうだった」

「頭がおかしくなってたんだろうな」

「そうだ。すっかりおかしくなってた。こんなこともあった。ある晩、アレキサンドリアの古いゴルフ・クラブのラウンジにふらりと現われた」

「それは別におかしくないけど」

「広々としたラウンジにはいって、ドアを手で押さえたまま犬の名前を呼んで、いもしない犬がはいってくるのを待ってから、ドアを閉めた。それからラウンジの奥のほうに歩きだしたんだが、その途中、時々、立ち止まってはあたりを見まわして〝こっちに来い、スミス。ほら、こっちだ〟なんて言うんだよ。指をひらひらと動かして。一度なんか、二組の男女が酒を飲んでたテーブルの下に四つん這いになって、もぐり込みもした。〝スミス、そこから出てこい、早くこっちに来い〟なんて言って手を伸ばして、テーブルの下から引きずり出すような真似までしたんだ。何もいないのに。それからテーブルについてた人に謝った。〝こいつはどうしようもない犬でね〟なんて言っちゃって。その場にいたみんなの顔をおまえにも見せてやりたかったよ。そんな調子でラウンジの反対側まで行くと、犬のために奥のドアを開けて手で押さえて、ラウンジを出ていった」

「おかしくなっちまってたんだね」

「すっかりおかしくなってた。ほんと、その場にいたみんなの顔を見せてやりたかったよ。店は酒を飲む客でいっぱいだったんだが、みんな頭がおかしいのは自分たちなのか、それともスティンカーなのかわからなくなった。だから、顔を見合わせて、犬が見えないのは自分だけではないのを確認してた。グラスを落としちまったやつまでいたほどだ」

「ひどい話だね」

「ほんとにひどい話だよ」

ウェイターが来て、立ち去った。店は今や満席で、制服を着た客の全員が小さなテーブルについて、おしゃべりをしながら酒を飲んでいた。グラスの中の氷を指でつつきながら彼が言った。

「そう言えば、あいつもよく方向をずらしてたな」

「あいつって？」

「スティンカーだ。そのことをしょっちゅう話してもいた」

「それ自体は別になんでもないことだよ」と私は言った。「歩道のひび割れを踏まないようにして歩くのと変わらない」

「だけど、くだらないことだよ。つまりは自分だけの問題で、他人にはなんの関係もないんだから」

「そう、車待ちみたいなものでもあるな」

「車待ち？」

「おれはいつもそうしてる」と私は言った。

「どういうことだ？」

「車に乗って座席についたらゆっくり二十数えてから走りだすんだよ」

「おまえもおかしいんじゃないか」と彼は言った。「スティンカーみたいだよ」

「事故を避けるためのいい方法だ。おれは事故を起こしたことは一度もないからね。まあ、少なくとも大きな事故はね」

「酒を飲んで運転するときの話だね」

「いや、車を運転するときはいつもそうしてる」

「なんで？」

「遅れて出発すれば、誰かが歩道の縁石から車のまえに飛び出すことになってたとしても、その人を撥ねなくてすむからだよ。二十数えたぶん遅くなるから、飛び出して車とぶつかるはずの人間を轢かずにすむ」

「なんで？」

「二十数えて車を出せば、車がその場所に着くよりずっとまえにその人は歩道から飛び出してるからだ」

「なるほど、いい考えだ」

「いい考えに決まってる」

「とんでもなくすばらしい考えだ」

「そうやっておれはたくさんの命を救ってきた。それに交差点をそのまま突っ切っても
いける。衝突することになってた車はもう通り過ぎてるんだから。その車はちょっとま
えに通り過ぎてるんだから。二十数えているあいだに」

「すばらしい」

「だろ?」

「でも、それも方向をずらすみたいなもんだな。どうなることになってたのか、ほんと
うのところは誰にもわからないんだから」

「それでもおれはいつもそうしてる」と私は言った。

私たちはなおも飲みつづけた。

「あの女を見ろよ」と私は言った。

「あの胸のでかい女か?」

「ああ、見事な胸だ」

彼はおもむろに言った。「どう考えても、おれはあの女よりもっときれいな女をいっ
ぱい殺してきたんだよな」

「あんなふうな胸をした女はそういっぱいはいないよ」

「いや、あんなふうな女をいっぱい殺してきたのさ。もう一杯飲もうか?」

「よし、最後の一杯だ。あれほどの胸をした女はざらにはいないよ」と私は言った。

「少なくともドイツには」

「いや、それがいるんだな。おれはそういう女たちをいっぱい殺してきたのさ」

「ああ、わかった、わかった。おまえは見事な胸をした女たちをいっぱい殺した」

彼は椅子の背にもたれ、片手をまわして店内を示した。「ここにいる客たちを見てみろよ」

「ああ」

「こいつら全員が一瞬にして死んだとしたら、ひどい騒ぎになるんじゃないか？　ひとり残らず死んで、椅子から床に転げ落ちたとしたら？」

「何が言いたい？」

「とんでもない騒ぎになるんじゃないか？」

「まちがいなく騒ぎになるな」

「ウェイターたちが共謀して、すべての飲みものに毒を盛ったりして、客がみんな死んだらな」

「そりゃもう、ぶったまげるような騒ぎになる」

「そう、おれはそういうことを何百回とやってきたってことさ。ここにいる全部より多くの人間を何百回も殺してきたわけだよ。おまえもな」

「いや、もっと多いよ」と私は言った。「でも、それとこれとはちがう」

「だけど、同じ人たちだよ。男たち、女たち、ウェイターたち。今、ここで飲んでるみんなと同じ人たちだよ」

「ちがうね」

「ちがわないよ。そういうことがここで起きたら、それはもう大変な騒ぎになるんじゃないのか？」

「クソ恐ろしい騒ぎになるだろうな」

「だけど、おれたちはそういうことをやってきたわけさ。何回も」

「何百回もな」と私は言った。「この店なんかものの数にはいらないよ」

「ここはシラミたかりのクソ飲み屋だよ」

「ああ、シラミたかりもいいところだ。どこかほかへ行こう」

「こいつを飲み干そうぜ」

グラスを空（から）にすると、お互いが勘定を持とうとしたので、コインを投げて決めることにした。私が勝った。一六ドル二五セントだった。彼はウェイターにはチップを二ドルやった。

私たちは席を立ち、テーブルのあいだを縫ってドアまで行った。

「タクシーだな」と彼が言った。

「そうだ、タクシーを拾わなきゃ」

ドアマンはいなかった。私たちは歩道の縁に立って、タクシーがやってくるのを待った。「ここはいい町だよ」と彼が言った。

「すばらしい町だ」と私も応じた。気分がよかった。外はもう暗くなっていたが、街灯がともっているので、通り過ぎる車も道の反対側を歩く人たちも見えた。音もなく霧雨が降っており、車のライトや街灯に照らされ、黒く濡れた道路が黄色く光っていた。車のタイヤが濡れた路面でシュッという音をたてていた。

「ウィスキーがいっぱいある店に行こうぜ」と彼が言った。「ウィスキーがいっぱいあって、顎ひげに卵料理の食べかすをくっつけた男が酒を出してくれる店に」

「いいね」

「おれたちふたりと、顎ひげに卵料理の食べかすをつけた男以外は誰もいない店だ。あるいは」

「ああ」と私は言った。「あるいは？」

「あるいは、あふれんばかりの客でごった返している店とか」

「うん、悪くない」と私は言った。

私たちはその場に立ってタクシーを待った。角を左に曲がってこちらに向かってくる車のヘッドライトが見えた。濡れた路面の水を撥ね上げる音とともにライトが近づき、私たちのまえを通過して、川に架かる橋のほうへ遠ざかっていった。ヘッドライトの放つ光の中に霧雨が見えた。私たちはその場に立ってタクシーを待ちつづけた。

訳者あとがき

切れ味鋭いオチが読みどころの「南から来た男」や「おとなしい凶器」があまりに有名なので、ダールは短篇ミステリの名手と言われることもあるが、その点に関しては、ご本人が自分はミステリ作家ではないと言明してる。実際、ダール作品にはいわゆるミステリ風味のものは案外少ない。処女短篇集である本書などその最たるものだろう。少なくとも訳者は本書をミステリ短篇集ではなく、すぐれた戦争文学の連作集として読んだ。

まず「ある老人の死」。戦闘をまぢかにひかえると決まって恐怖に襲われながら、いざ戦闘が始まると、身も心も一気に戦闘モードになるパイロットの心理が一人称で語られ、実際の戦闘シーン――スピットファイアVSフォッケウルフの空中戦――は三人称に視点が切り変わり、そのあとまた一人称に戻って、最後は幽体離脱で締めくくられる。

ドッグファイトのリアルな描写と諧謔(かいぎゃく)が併存する奇妙な味わいの一作。若者と思われる主人公をタイトルであえて「老人」と呼んでいるのは、人を殺すことを恐れながらも人殺しのヴェテランにならざるをえなくなった若者への皮肉と哀感を込めた呼称だろう。

「あるアフリカの物語」は、夜な夜な牛乳を飲みにくるヘビを利用した復讐譚だ。しかし、そもそもヘビは牛乳を飲まない。ところが、かのシャーロック・ホームズの有名な短篇では、ヘビを牛乳で誘導することがトリックとして使われ、よく知られるコナン・ドイルのケアレスミスのひとつになった。アフリカにはヘビが牛乳を好むという俗信があるそうで、もしかしたら、アフリカで飛行訓練を受けたダールが実際にどこかで耳にした話がもとになっているのかもしれない。

「ちょろい任務」は明らかに著者ダールの戦闘体験に基づく作品だ。ダールが〈ホーンブロワー〉シリーズで知られるイギリスの冒険作家C・S・フォレスターの勧めで小説を書くようになったことはよく知られる事実だが、本作の原型である「リビアで撃墜されて」が《サタデイ・イヴニング・ポスト》紙にダール名義で掲載され、ダールは作家としての道を歩みはじめる。ただ、ダール自身も本作の主人公と同じような大怪我を負ったのは事実ながら、実際には撃墜されたわけではなく、燃料不足による不時着に失敗したのだそうだ。『単独飛行』の中で本人がその真相を明かしている。

「マダム・ロゼット」はこの作品集の中の長い幕間劇といった趣の一作。戦争と売春婦という重たいテーマがどこまでも明るく描かれる。これまたダールが実際に聞いた話がもとになっているのかもしれない。それにしても、スタッグ、スタッフィ、ウィリアムズの三人組の性格づけなど見事なもので、ダールという人は最初から達者な作家だったのだなと改めて思わせられる。

このドタバタ劇に続くのが叙情豊かな「カティーナ」。中隊のマスコットとなるカティーナの愛くるしさ、健気さ、そして気高さがほんの数行でさらりと描かれ、同時に「ちょろい任務」に登場したピーターの死が淡々と語られる。ほかにも同じ中隊のパイロットがあっけなく次々と死んでいく。それらの死がどこまでも抑制された筆致で語られ、最初からわかっているようなところがあっても、本作の結末はやはりずしりと重い。ダールには珍しいしっとりとした透明な抒情が胸に沁みる名品である。

お次はどこまでも静かな「昨日は美しかった」。ドイツの空爆を受けた直後のギリシアの小島で、島から脱出するために船を探すイギリス軍のパイロットと、空爆で娘を亡くした両親との簡単なやりとりから、戦争のやるせなさがひしひしと伝わってくる。

「彼らに歳は取らせまい」では「カティーナ」にも登場したフィンの超自然的で幻想的な体験が語られる。フィンのこの体験は宮崎駿監督が『紅の豚』と『風立ちぬ』の一シーンに取り入れたことでも知られる。ひたすら想像するしかないが、戦場という非日常の世界ではこのような不思議なこともきっと実際に起きていたのだろう。しかし、そんなこととは関係なく、本作でも若いパイロットが次々と死んでいく。訳者には本作における死が一番むなしく思えた。

ついでながら、フィンが帰還したあとのくだり。最初はみんなで大喜びしながらも、すぐに部隊に緊張が走ることを疑問に思われた読者も、もしかしたらおられるかもしれない。微妙な空気が張りつめ、中隊長のモンキーも対応に苦慮し、それはこれまで誰も経験したことのないことだった、とまで書かれている。なぜなのか。よけいな説明になるかもしれないが、フィンがどのように訴えようと、戦場での失踪は敵前逃亡、あるいは脱走が疑われるからだ。敵前逃亡というのは多くの国で即刻銃殺刑が認められているほどの重罪である。だからフィンの無事の帰還を一度は喜び合いながらも、みんながわれに返ったとたん部隊の空気が一変するのである。

「猛犬に注意」はまず謎が示され、最後にオチがあるところ、本短篇集の中で一番ミステリらしい作品だろう。「あなたに似た人」という作品が本短篇集の掉尾を飾っているが、第二短篇集『あなたに似た人』につながっていくのはむしろこっちのほうだろう。

「このこと以外に」はダールには珍しく女性が主人公で、これまたダールには珍しく女性にやさしい作品。ダールはシェル石油の駐在員としてアフリカに赴任し、さらに空軍に入隊したあとも母親に宛てて手紙を頻繁に書いているが、そんな自分の母を思ってこの作品を書いたのかもしれない。空では飛行機の爆音が鳴り響いていても、どこまでも静謐なイギリスの田園を背景に、亡くした息子を思う母親の熱く狂おしいまでの思い。やりようのないせつなさが深く胸に残る。

最後の「あなたに似た人」は戦後再会した戦友同士の酒場での語らいを描いたものだが、「私」と五年ぶりに再会した戦友は「くたびれた七十歳の老人のように老け込み、まるで別人のようになっていた」。巻頭作品のタイトル「ある老人の死」に呼応する描写だ。「カティーナ」ではカティーナが老婆の憎悪を顔に浮かべる。若者も幼子もいっぺんに老けさせるのもまたひとつ、戦争の残酷な一面だろう。あまつさえ、「私」と戦友はともに戦時中、一時の気まぐれで、殺す対象を変えたことがあったことを告白し合う。非情で冷酷な告白である。それが何気ない世間話のように語られる。作家のジョイス・キャロル・オーツは本短篇を「皮肉なヘミングウェイの血脈を色濃く受け継ぐミニマリズムの作品」と評しているが、なるほど、思えば戦時においてはこのふたりもまた「殺し屋」だったのだ。

以上、第二短篇集『あなたに似た人』や第三短篇集『キス・キス』とは少し異なるダールがここにいる。戦争とは残酷なものだろう。悲しく、愚かなものでもあるだろう。場面によっては滑稽に見えることもあるかもしれない。実戦を体験したダールは、戦争が持つそうしたさまざまな側面の中でも、なによりむなしさを覚えたのではないか。祖国を守るという大義こそあれ、見知らぬ人間を無差別に殺すことのむなしさだ。その後のダール作品に見られる辛辣な風刺もシニシズムもブラックユーモアも、すべてはこのむなしさを埋めるためのものだったのではないだろうか。本書を読み直し、訳しおえて、訳者はふとそんなことを思った。

最後に――本書には軍事に関連する記述が随所に出てくるが、門外漢の訳者にはよくわからないことも多かった。そのたび、NHKドラマ番組部のシニア・ディレクターで、考証がご担当の大森洋平氏にご教示を賜った。そのことを記して氏に謝意を表しておきたい。

二〇一六年六月

本書は、一九八一年七月にハヤカワ・ミステリ文庫より刊行された『飛行士たちの話』の新訳版です。

訳者略歴　1950年生，早稲田大学文学部卒，英米文学翻訳家　訳書『八百万の死にざま』ブロック，『卵をめぐる祖父の戦争』ベニオフ，『刑事の誇り』リューイン，『あなたに似た人〔新訳版〕』ダール（以上早川書房刊）他多数

HM=Hayakawa Mystery
SF=Science Fiction
JA=Japanese Author
NV=Novel
NF=Nonfiction
FT=Fantasy

飛行士たちの話
〔新訳版〕

〈HM㉒-13〉

二〇一六年八月十日　印刷
二〇一六年八月十五日　発行

（定価はカバーに表示してあります）

著者　ロアルド・ダール
訳者　田口俊樹
発行者　早川浩
発行所　株式会社　早川書房

郵便番号　一〇一-〇〇四六
東京都千代田区神田多町二ノ二
電話　〇三-三二五二-三一一一（大代表）
振替　〇〇一六〇-三-四七七九九
http://www.hayakawa-online.co.jp

乱丁・落丁本は小社制作部宛お送り下さい。
送料小社負担にてお取りかえいたします。

印刷・中央精版印刷株式会社　製本・株式会社フォーネット社
Printed and bound in Japan
ISBN978-4-15-071263-1 C0197

本書は活字が大きく読みやすい〈トールサイズ〉です。